KB045359

저는 이 정도가 좋아요

저는 이 정도가 좋아요

ⓒ 송은정 2020

2020년 2월 20일 초판 1쇄 인쇄
2020년 2월 25일 초판 1쇄 발행

지은이 | 송은정
발행인 | 윤호권
책임편집 | 엄초롱
책임마케팅 | 문무현, 서영광, 이영섭

발행처 | (주)시공사
출판등록 | 1989년 5월 10일(제3-248호)

주소 | 서울시 서초구 사임당로82(우편번호 06641)
전화 | 편집 (02)2046-2896·마케팅 (02)2046-2894
팩스 | 편집·마케팅 (02)585-1755
홈페이지 | www.sigongsa.com

ISBN 978-89-527-5642-8 03810

이 도서의 국립중앙도서관 출판예정도서목록(CIP)은 서지정보유통지원시스템
홈페이지(http://seoji.nl.go.kr)와 국가자료공동목록시스템(http://www.nl.go.
kr/kolisnet)에서 이용하실 수 있습니다.(CIP제어번호: CIP2020004339)

저는 이 정도가 좋아요

송은정 지음

5년 차 프리랜서의
자리가 아닌
자신을 지키며 일하는 법

시공사

프롤로그 ——————
스쿼트를 하며
배운 것

신간이 출간된 이후 나의 하루 일과는 '에고 서치'로 시작된다. 3대 온라인 서점을 순회하며 판매지수를 확인하고, 포털 사이트와 SNS에서 책 제목을 검색해 본다. 밤사이 어느 독자가 올린 리뷰는 모래사장에서 발견한 사금만큼이나 반갑다. 그러나 무턱대고 리뷰를 확인할 순 없다. 제목과 미리보기 내용을 훑어본 다음 클릭 여부를 결정한다. 내 책의 단점을 정성 들여 짚어낸 리뷰를 겸허히 받아들일 만큼 의연하지는 않다.

가끔 토크쇼에 출연한 연예인이 무플보단 악플이 낫다고 우스갯소리 하는 장면을 본다. 나라면 둘 다 괴로울 것이다. 지금도 칭찬만 듣고 싶다. 그것으로 나름의 노력을 보상받길 바란다. 대단한 돈을 버는 것도 아닌데 보람도 없으면 어쩌나. 하지만 반응 없음의 민망함을 떠올리면 악플마저 아쉬운 마음이 되고 만다. 예전에 한 책방에서 주최한 북토크가 행사 전날 취소된 적이 있다. 신청자가 턱없이 부족했던 것이다. 미안한 기색이 역력한 책방 사장님에게 별일 아니라는 듯 쿨하게 말은 했지만 실은 속이 새카매졌다. 다시는 괜한 일을 벌이지 않겠다고도 다짐했다. 나는 그날 일을 남편에게 말하지 않았다. 처음부터 없었던 일처럼 숨겼다.

요즈음 나의 정체성은 지독한 회의주의자다. '이게 다 무슨 의미람' 구시렁거리며 번번이 퇴짜를 놓고 한숨을 쉰다. 지나간 것은 훌훌 떠나보내고, 지금 내 앞에 놓인 새로운 일감에 감사해하며 마음을 다잡아보려 하지만 쉽지가 않다. 나는 이것을 출간 후 스트레스 후유증이라 부른다. 홀가분히 쉴 수도 그렇다고 책상 앞에 앉아 집중력을 발휘할 의지도 없는 무기력한 상태. 벌써 한 달째 이런 증상이다. 이를테면 나는 뭔가를 한참 쓰는 척하다 먼 산을 바라본다(실제로 집 뒤에 산이 있다). 그러다 느닷없이 트위터와 인스타그램에서 신간 제목을 검색한다. 겸사겸사 송은정과 '손'은정도 찾아본다(의외로 많은 독자가 작가 이름을 틀리게 기억한다는 사실을 알게 됐다). 이런 한심한 짓에 골몰하는 나를, 또 다른 내가 자조 섞인 표정으로 지켜보고 있다. 타인을 지나치게 의식한 자아는 한껏 비대해진 상태다. 그런 자신을 두더지 잡기 하듯 쿵쿵 찧다 보면 어느새 저녁 무렵. 하릴없이 시간을 낭비할 바엔 뭐라도 읽자 싶어 집어 든 에세이집은 하필 내 책과 비슷한 시기에 출간됐다. 온라인 서점 엠디가 뽑은 화제의 신간답게 나의 온오프라인 친구들도 전부 그 책을 읽고 있는 듯하다. 그래 봐야 네다섯 명 정도일 뿐이지만. 출간 후 스트레스 후유증은 상황을 확대 해석하는 경향이 있다.

　　필사적으로 오늘을 피해 다닌다. 어김없이 시작될 하루가 무서워 꾸역꾸역 침대에 누워 지낸다. 팔다리가 저리고 허리가 마비될 때까지 잠을 잔다. 하지만 그럴수록 무기력을 떨쳐내기 어려워진다는 사실 또한 잘 알고 있다. 기운을 차려야 한다. 나는 심리학 서적에서 읽은 조언대로 대낮에 집 근처 개천을 걷고 저녁 약속을 잡는다. 평소라면 망설였을 값비싼 인센스 스틱을 충동구매 하거나 달콤한 디저트로 입을 즐겁게 만들기도 한다. 카카오맵에는 추천받은 정신건강의학 병원이 저장되어 있지만 아직 가본 적은 없다. 집과 병원을 오가는 대중교통편을 이따금 확인할 뿐이다. 그건 마치 배낭에 달아놓은 호신용 호루라기와도 같다.

　　지난밤에는 무엇도 시작할 수 없을 것만 같은 좌절과 무엇도 끝낼 수 없으리라는 절망이 동시에 나를 덮쳤다. 악몽을 꾼 것도 아닌데 별안간 눈이 번쩍 떠졌다. 온몸이 바들바들

떨렸다. 그 와중에 고비사막 한가운데 나 홀로 서 있는 막막함과 엘리베이터에 갇힌 고립감이 실은 다르지 않다는 생각이 스쳤다. 호루라기를 불어야 할 타이밍일까. 그 전에 나는 어떤 자격에 대해 곰곰이 따져본다. 하루 평균 일곱 시간 혹은 그 이상의 수면 시간이 확보된 일상은 지극히 정상처럼 느껴진다. 아침잠이 유독 많아진 것 외에 별다른 조짐은 없다. 식욕 부진을 느끼지도 않는다. 심지어 남편이 만든 야식을 먹고 자도 다음 날 속이 편안하다.

　"나는 아무리 힘들어도 살이 빠지진 않더라."

　그건 네가 진짜 마음고생을 하지 않았기 때문이라고, 몇 년째 불면증을 앓고 있는 친구가 대꾸했다. 그런 건가. 나는 공연히 실망했다.

　하루는 이런 다짐이 섰다. 더도 말고 매일 10분씩 기상 시간을 앞당겨 보자. 특별한 계기 없이 불쑥 그런 의욕이 솟았다. 그리고 일주일이 지났을 때 나는 이전보다 한 시간 일찍 일어나는 사람이 되어 있었다. 10분씩 일곱 번이 모여 이룬 결과였다. 단번에 바꾸려고 했다면 분명 실패했을 것이다.

　한때 유튜브로 홈트레이닝을 하는 재미에 빠진 적이 있다. 특히 스쿼트에 열심이었는데, 처음에는 엉덩이를 뒤로

쑥 뺀 채 간신히 앉았다 일어나기 바빴던 내가 3개월쯤 지나
자 쉬지 않고 동작을 반복하고 있었다. 허벅지와 허리가 땅을
단단히 딛고 서 있는 견실한 느낌이 좋았다. 아마도 그때 나
는 스쿼트를 하며 주저앉은 자신을 스스로 일으키는 연습을
한 것일지도 모르겠다.

　　그날 한 시간 일찍 일어나서는 양재 꽃시장에 다녀왔다.
마침 봄이었고, 하루가 다르게 싹을 틔우는 창밖의 나무를 매
일 아침 마주하면서 식물을 들이고 싶어졌다. 이미 숱하게 시
들어간 화분들이 떠올랐지만 그럼에도 어떤 가능성을 놓치
고 싶지 않았다. 이제 우리 집에는 삼각잎 아카시아와 보스
턴 고사리, 두 종류의 행잉 플랜트가 각각의 생장 환경에 맞
는 자리에 놓여 있다. 이제 막 분갈이한 화분은 뿌리가 정착
할 때까지 관심이 필요하다고 한다. 잎의 상태에 따라 정남향
에서 반응달로, 혹은 그 반대로 화분을 옮겨야 할지 주의 깊
게 살펴야 한다.

　　나는 아주 오랜만에 내일이 기대되기 시작했다.

차례 ————

프롤로그_ 스쿼트를 하며 배운 것 4

나의 3년 차 선배 14

귀여운 우동 22

삶을 해결하는 방법 30

미래의 나에게 39

해변가에서 마감을 48

허들을 뛰어넘는 순간 56

신의 가호가 있기를 63

여자에게 좋은 직업 70

시작은 잘하는 사람 78

행사의 주인공 85

재능이 의심되는 날에는 91

징색하고 나답게 96

좋아하는 일을 계속 좋아하려면 104

'하기'와 '하지 않기' 사이에서 109

완벽하지 말고 완성하기 115

정상이 아닌 노동 122

티끌 모아 티끌의 배신 130

검색되지 않는 마음 136

이토록 확실한 연결 142

업무 일지를 쓰기로 했다 148

나는 내가 구한다 153

직업 탐구 생활 160

어느 영업 사원의 오후 166

통장 잔고의 적정 금액 173

에필로그_ 업계의 비밀 180

프리랜서 인터뷰 1 184

프리랜서 인터뷰 2 197

◇◇◇◇◇◇◇◇

나의 3년 차
선배

《읽을 것들은 이토록 쌓여가고》의 북토크를 다녀왔다. 매일 한 권의 도서를 기록하는 형식의 이 책은 민음사에서 편집자로 일하는 서효인 시인, 박혜진 문학평론가가 함께 썼다. 재밌는 건 두 사람의 독서 일기에 녹아든 직장인으로서의 면모다. 출판사라는 배경만 다를 뿐 일하는 사람이라면 누구나 공감할 만한 상황과 고민이 곳곳에 담겨 있다. 한 인터뷰에서 서효인 시인이 밝힌 소감도 이와 다르지 않다. "꼭 책을 좋아하는 사람, 다독가나 애독가만 이 책을 보실 게 아니라 직장인분들도 보시면 좋겠어요."

마지막 페이지를 덮었을 때 본문은 알록달록 화사해져 있었다. 연필과 노란색 모나미 플러스펜, 푸른빛 잉크의 만년필. 때마다 손에 잡히는 필기도구로 밑줄을 그었다. 아무런 표시 없이 귀퉁이만 접힌 페이지는 지하철 통로에 서서 읽었다는 흔적. 책의 첫 장부터 마지막 장까지 다시 후루룩 넘겨 보니 선배 서효인이 후배 박혜진에 대해 쓴 문장에서 나는 자주 흔들린 듯했다. 독자 행사에서 진행을 맡은 후배의 한층 발전된 말솜씨를 지켜보며 "동료의 반짝임에 내가 괜히 으쓱해진" 대목, 젊은평론가상을 받은 후배를 위해 축사를 하게 된 것을 두고 "이토록 대놓고 혜진 씨를 칭찬하고 격려할 수 있다니, 조금 들떴다"라고 말하는 모습에선 가슴이 쿵 내려앉았다. 이토록 다정한 선배가, 동료가 현실 세계에 존재하다니 신기했다. 그래도 가끔은 투닥투닥 말이 오가다 진심이 비껴가는 날도 있지 않았을까.

북토크가 끝난 뒤 사인을 받기 위해 줄을 섰다. 평소라면 굳이 부리지 않을 욕심이지만 이번만은 달랐다. 두 사람의 협동으로 완성된 사인은 책만큼이나 인상적이었다. 먼지 위로 한 사람이 운을 떼면 남은 사람이 문장의 끝을 맺는 식이었다. 책을 읽으며 어렴풋 상상한 장면이 눈앞에서 재현되는 듯했다. 지금의 이 감동을 저자에게 고스란히 전하고 싶었으나 결국은 좋은 저녁 보내시라는 말만 겨우 뱉고서 성급히 자리를 빠져나왔다. 아마도 나는 이런 투정을 부리고 싶었던 것 같다. 어떡하죠. 당신들 때문에 다시 직장에 들어가고 싶어졌어요.

그날 저녁, 가져본 적 없는 타인의 경험을 부러워하며 조금 쓸쓸해진 마음으로 집에 돌아왔다.

안타깝게도 서로의 성장을 기대하고 격려하는 동료와 일해본 기억이 없다. 설마 싶지만 역시나다. 첫 사회생활이었던 방송작가 시절은 떠올릴 때마다 속이 울렁거린다. 세로로 긴 좁은 사무실은 서열이 확실한 세계였다. 가장 안쪽부터 메인 작가 '언니' 그리고 둘째, 셋째, 넷째, 다섯째 언니가 차례로 앉았고 막내인 내 자리는 문에서 가장 가까운 곳이었다. 사무실 안은 아이템과의 싸움으로 늘 팽팽한 긴장감이 흘렀다. 새벽 두세 시 퇴근이 일상이었다. 그러던 어느 날 잠시 짬을 내어 저녁을 먹고 온 나를 불러 세운 사람은 둘째 언니였다. "씨발년아, 밥이 넘어가니?" 톡 쏘아붙이고는 농담이라는 듯 아무렇지 않게 짓던 미소. 덩달아 따라 웃었지만 순간 다리가 후들거렸다. 겨우 스물네 살 때의 일이다.

마지막 회사는 불쾌한 조직 생활의 결정판이었다. 특히 대표라는 사람이 아주 나빴다. 월간지를 만드는 잡지사였는데, 대표는 에디터를 채용할 때마다 한 시간 길게는 두 시간씩 일대일 면접을 보곤 했다. 그런데 그리도 공들여 뽑은 직원이 막상 자신의 기대에 미치지 못하면 제 발로 걸어 나가게끔 굴욕을 줬다. 한번은 새로 투입된 팀장의 기사를 조리돌림 하듯 에디터들에게 읽힌 뒤 후배에게 그 기사의 수정을 맡겼 다. 팀장의 10년 경력을 노골적으로 무시하는 태도였다. 반 대로 에디터 경력이 없는 신입을 자리에 앉혀놓고선 한 시간 동안 빨간 펜을 휘두르며 기를 죽인 적도 있었다. 상황만 다 를 뿐 그는 모멸감을 안기는 방식으로 꾸준히 직원을 괴롭혔 고 끝내 원하는 결과를 얻었다. 그뿐일까. 퇴직금 미지급으 로 소송을 걸겠다는 퇴사자의 항의 전화가 오고, 프리랜스 포 토그래퍼는 작업료를 제때 받지 못해 전전긍긍하기 일쑤였 다. 하루는 월급이 하루 이틀 늦어지자 해결책이랍시고 나이 순으로 월급을 우선 지급하는 상황이 벌어지기도 했다. 가장 나이가 어리고 자취생인 내가 1순위 수혜자였지만 조금도 다 행스럽지 않았다.

그는 정말 예의 없고 이상하게 나빴다. 하지만 그중에서 도 가장 최악은 '사람은 다시 뽑으면 그만'이라는 마인드였 다. 악질이다.

직장 생활의 처음과 끝이 이렇다 보니 조직에 대한 불신 과 회의가 내 안에 생겨났다. 공동의 목표 앞에서 상식의 선 은 너무도 쉽게 침범당했다. 개인의 희생이 요구됐고, 나 또 한 어쩔 수 없음을 인정하며 자기 착취를 반복했다. 정신을 차렸을 땐 조직을 빠져나오는 것 외에 다른 방법이 떠오르지 않았다. 밀려드는 회의감에 몸서리쳤다. 다시는, 이라고 생각했다. 만약 그 시기에 믿고 의지할 선후배 동료가 있었다면 다른 선택을 할 수도 있었을까. 끝내는 퇴사를 결정했겠지만 적어도 스스로를 조직 '부적응자'로 오해하거나 자책할 여지만큼은 줄었을지도 모르겠다. 왜 회사를 관뒀냐는 질문에 "제가 사회성이 떨어져서요"라는 대답은 하지 않았을 것이다.

동료 없이 일한 지 만 4년이 됐다. 외롭지 않냐는 주변의 염려도 여전하다. 완전히 부정할 순 없지만 적어도 혼자인 상태가 프리랜서 생활을 유지하는 데 방해가 되진 않았다. 오히려 이토록 평온한 적이 있었나 싶을 만큼 지금이 만족스럽다. 눈치 싸움에 끼어 새우등 터질 일도, 누군가의 감정 쓰레기통이 될 가능성도 없기 때문이다. 외로움은 관계 속에서 일어나는 감정이다. 타인의 마음이 내 마음 같지 않을 때, 같다고 믿었으나 온도 차가 클 때 우리는 문득 외로워진다.

프리랜서는 일하는 동안 자신의 비위만 잘 맞추면 된다. 점심에는 뭘 먹을까, PMS(월경전증후군)가 심상치 않으니 휴식을 취하는 게 좋을까, 하늘이 맑게 갠 김에 카페로 외근을 나갈까. 오직 한 사람의 요청에만 귀를 잘 기울이면 하루가 무사하다. "다 됐고, 오늘은 째자!" 서글픈 자아가 외치면 긍정을 관장하는 자아가 "좋지!" 하고 쿵짝을 맞춘다. 하지만 내가 나라서 도무지 어찌할 수 없는 지점도 있다. 제아무리 높은 자존감을 타고난 사람이라도 '내적 파이팅'은 쉽게 바닥나기 마련이니까. 자가 동력만으로 에너지를 채우는 데 힘이 부친다.

혼자로도 충분한 마음과 혼자여서 불완전한 마음. 그 사이의 모호한 간극이 혼란스러울 때 나는 트위터에 접속한다. 취향과 관심사가 적극 반영된 나의 타임라인은 오늘도 고군분투하고 있을 이들이 흩뿌려 놓은 혼잣말로 가득하다. 그들 중에는 저자나 편집자, 번역가 같은 출판계 종사자만이 아니라 디자인, 웹툰, 영화 등 타 업계에 속한 프리랜서, 카페와 식당을 운영하는 개인 사업자도 포함되어 있다.

이따금 나는 단 한 번도 만나본 적 없는 프리랜서 트친들이 꼭 '3년 차 선배'처럼 느껴진다. 한 걸음 앞에서 길을 터주는 동시에 후배의 자잘한 실수를 챙겨줄 정도의 여유가 생긴, 이제 뭔가 좀 알 것 같은 딱 3년 차 선배. 이들의 조언은 현실적이어서 귀하다. 쉽게 위로하려 들지 않되 적재적소에 알맞은 충고를 건넨다. 클라이언트와의 논의 사항은 반드시 이메일로 증거를 남기는 실무 기술도, 서로의 타임라인에 기운을 북돋기 위해 고양이 사진을 리트윗하는 센스도 모두 3년 차 선배들에게서 배웠다. 무엇보다 자신을 괴롭히며 일하는 방식이 더는 유효하지 않다는 사실을, 누군가의 처절한 자기 고백이 아니었다면 결코 깨닫지 못했을 것이다.

오랜 시간 지켜봐 온 트친의 빛나는 시기를 목격할 때가 있다. 저술업자인 나로서는 갓 출간된 책이 베스트셀러에 오르거나 입소문을 타고 회자되는 경우를 의미할 테다. 성취라 부를 만한 무언가를 이룬 트친을 보며 나는 기꺼이 축하의 하트를 누른다. 부러움과 질투는 애써 부정하는 대신 하룻밤 사이 누그러지길 기다린다. 저들의 성취가 나의 성장과 결코 무관하지 않다는 것을 이제는 알기 때문이다. 특히 그가 30~40대 여성이자 기혼자일 때 나는 보다 많은 것을 상상하게 된다. '언제까지 이 일을 할 수 있을까'라는 질문과 한발 더 가까워진다. 아주 조금 안도할 수 있게 된다.

물리적 시공간을 공유하지 않으면서도 우리는 서로를 감히 동료라 부를 수 있을까. "같이 일을 한다는 건 다른 사람은 느끼지 못하는 사소한 움직임, 이를테면 모종의 '발전'을 발견하는 사이가 된다는 뜻과도 같다"면 아마도 그럴 것이다. 언제부터인가 나는 좋아하는 작가의 신간이 나오면 SNS에 대놓고 "칭찬하고 격려"하기 위해 노력한다. 그리고 그 목

소리가 랜선 너머로 전달되길 바라며 되도록 크게 말하려고
애쓴다. 다행히도 요즘은 응원하고 싶은 책들이 이토록 쌓여
가고 있다.

> 같이 일을 한다는 건 다른 사람은 느끼지 못하는 사소한 움
> 직임, 이를테면 모종의 '발견'을 발견하는 사이가 된다는
> 뜻과도 같다. 이것도 최소의 발견일까. 동료의 반짝임에 내
> 가 괜히 으쓱해진다.
> 《읽을 것들은 이토록 쌓여가고》, 서효인&박혜진, 난다

◇◇◇◇◇◇◇◇◇
귀여운
우동

화면 가득 김이 뿌옇게 차오르는 장면에서 채널을 돌리던 손
가락이 멈췄다. 일본 가가와현의 명물 사누키 우동을 소개하
는 여행 프로그램이었다. 이 지역에는 무려 850여 개의 우동
가게가 성업 중이라고 한다. 여기서는 '우동 자격증'을 딴 기
사가 모는 '우동 택시'를 타고 우동 투어를 다닐 수도 있다.
우동을 좋아하지 않는 사람이라면 금세 기가 질리고 말 도시.
하물며 영화 〈우동〉에서는 가가와현의 우동 가게 아들로 태
어난 주인공이 꿈을 좇아 뉴욕으로 떠나며 이런 대사를 한다.
"여긴 꿈 같은 건 없어. 그저 우동이 있을 뿐이야."

　　이내 장면은 미야가와 제면소로 옮겨갔다. 족타 반죽으
로 뽑은 우동이 유명한 식당이다. 좁고 허름한 실내는 전국
각지에서 모여든 사람들로 북적였다. 한편에선 트레이닝복
을 입은 여성이 목에 타월을 건 채 반죽을 꾹꾹 밟고 있다. 직

사각형의 작업대에 오른 모습이 꼭 링 위의 진지한 선수 같다. 뒤이어 모습을 드러낸 사람은 제면소 주인인 미야가와 할머니. 하얗게 센 곱슬머리의 한쪽 귀퉁이를 사과 꼭지처럼 찡긋 묶은 그에게 제작진이 묻는다.

"발로 반죽을 밟으면 정성이 들어가나요?"

반죽은 물과 밀가루를 치대 글루텐을 생성하는 과정이다. 단백질 성분인 글루텐이 발달할수록 면발에 탄력이 붙는데, 중국에서는 이를 '면근'이라 부른다. 밀가루 근육이라는 뜻이다. 쫄깃한 식감의 우동은 잘 단련된 밀가루 근육을 가졌다. 이곳 미야가와 제면소 역시 차진 면발을 뽑기 위해 기계의 힘을 빌리지 않고 발을 사용한다. 오직 우동을 먹기 위해 가가와현까지 애써 찾아온 손님의 기대에 힘껏 부응하겠다는 듯이. 오늘의 날씨와 습도를 고려한 반죽의 미세한 변화, 밟는 사람의 마음가짐이 반영된 정성이 우동에 스며 있을 것이라는 기대 말이다.

제작진의 싱거운 질문과 달리 돌아온 대답은 강렬했다.

"귀여우니까요. 귀여워요. 품을 들이는 만큼 우동이 귀여워지잖아요. 내 입장에서는 자식 같은 것이니까요."

스스로도 그 말이 재밌었는지 미야가와 할머니는 웃음을 터트렸다. 카메라를 든 제작진도 나도 모두 웃음이 터졌다. 명랑하고 호쾌한 기운이 느껴지는 대답이었다. 그리고 힘이 있었다. 그저 가볍게 웃고 넘길 말은 아니었다. 어느 한 분야의 경지에 오른 사람만이 갖는 의연함, 지고지순한 사랑이 밴 대답이었다. 나는 그 장면이 담긴 방영분을 유튜브에서 찾아 캡처한 뒤 노트북 바탕화면에 저장해 두었다. 그러고는 정성을 다한 결과가 일본 최고의 우동이 아닌, 기껏해야 귀여운 우동이길 바라는 마음에 대해 가끔 생각했다. 매일 반복되는 일과가 허무하게 느껴지던 때였다.

　　하루 평균 예닐곱 시간쯤 작업을 한다. 물론 내내 글만 쓰는 것은 아니다. 매 끼니와 간식을 챙겨 먹는 틈틈이 마켓컬리의 장바구니를 채우고, 고양이와 사냥 놀이를 하고, 화장실에서 SNS를 들여다본다. 가족 행사나 모임을 위한 장소를 물색하거나 미팅차 서울을 오가는 시간도 여기 포함된다. 원고 작업은 그 사이사이 더디게 진행된다. 작업 속도가 느린 건 비단 시간의 문제만은 아니다. 종일 매달렸음에도 겨우 A4 반 장 분량의 글만 간신히 건지는 날이 다반사다. 심지어 아무런 수확 없이 하루를 정리할 때도 있다. 이런 날에는 보람보다 딴짓만 했다는 자책감이 앞선다. 실제로는 그럴 리 없는데, 가끔은 기분이 사실을 압도한다.

　며칠에 걸쳐 한 편의 글이 완성됐더라도 홀가분한 감정은 아직 저 멀리 있다. 내 앞에 놓인 결과물이 '토고'이기 때문이다. 《소설가의 일》에서 소설가 김연수가 '토할 것 같은 초고'를 줄여서 그렇게 썼다. 토고는 밀가루와 물, 소금을 대강 섞어놓은 1차 반죽과 사뭇 비슷하다. 아직 찰기가 돌기 전의 1차 반죽처럼 토고는 이야기가 단단하게 결속되어 있지 않다. 문장과 문장 사이가 성기고 흐름도 부자연스럽다. 어쩌면 겨우 봉합해 둔 결론을 풀어 헤쳐야 할지도 모른다. 가장 절망스러운 건 원고를 완성한 순간에야 지금껏 공들여 쓴 글이 얼마나 형편없는지 비로소 알게 된다는 점이다.

　최초의 글에는 다양한 방식으로 엉망진창인 내가 담겨 있다. 책임질 수 없는 말, 여물지 않은 논리가 행간마다 굴러다닌다. 결론을 향해 성급히 달리다 우뚝 멈춰 서거나 길을 잃은 모습이 발견되기도 한다. 때로는 너무 많이 울고 필요 이상으로 후회한다. 어떤 글은 마치 반성문 같다. 어디서부터 손을 대야 할지 눈앞이 캄캄해진다. 적확한 단어를 고민하고, 비문을 바로잡으며, 문단을 쪼개고 합치는 기술적인 수정은 차라리 수월한 편이다. 그나마 위로라면 토고 때문에 애를 먹는 사람이 나만은 아니라는 사실이다. "자기가 쓴 초고를 보면 누구나 약간의 구토 증세를 느끼는데, 그건 당신의 잘못이 아니다"라고 콕 짚어 말해주는 소설가가 있어 얼마나 다행인지.

만약 쓰는 게 괴롭기만 하다면 진작 좌절했을 것이다. 고통 속에 희열이 있다는 말을 이제는 조금 알 것도 같다. 다행히 고치면 고칠수록 글은 예외 없이 좋아졌다. 역량 부족의 글이 그래도 읽을 만한 수준이 된다. 호흡은 매끄럽고 흐름도 억지스럽지 않다. 완벽하진 않지만 최선이라 믿어본다. 마감은 불완전한 나를 수긍하게 만드는 효과가 있다.

무엇보다 쓰고, 지우고, 다시 쓰는 과정을 여러 차례 반복하면서 나는 내가 더 나은 사람이 되어가는 느낌을 경험한다. 모른다는 고백이 더는 부끄럽지 않을 때, 동시에 모른다는 말이 갖는 무거운 책임 또한 의식할 때 어렴풋 성장한 자신을 발견한다. 만약 누군가 내 글에서 어떤 진솔함을 감지했다면 그건 쉽게 판단하거나 정답인 양 자신하지 않았기 때문일 것이다. 물론 여전히 나는 섣불리 결론짓고 후회하는 실수를 반복한다. 하지만 괜찮다. 실수를 알아차렸다면 지우고 다시 쓰면 되니까. 그렇게 생각을 무너뜨리고 다시 세우다 보면 마음의 근육이 단련된다. 끈기가 생긴다. 심지어 무엇도 쓰지 못한 날에도 이 모든 과정이 일어난다. 보람은 성취의 크기를 가리지 않는다.

언젠가 한 번쯤은 베스트셀러를 터트려 보고 싶다. 새로운 책이 출간될 때마다 나는 그런 욕망을 남몰래 품는다. 아무도 읽지 않을 글을 쓰느라 시간을 낭비하는 것만 같다거나, 열심히 달린 것 같은데 실은 제자리였다는 낙담이 밀려들 때도. 속물처럼 보일까 봐 혼자서 그런 상상을 한다. 베스트셀러 작가가 되면 뭐가 좋은지조차 잘 모르면서 망상에 빠진다. 그건 마치 바닥을 보이는 통장 잔고를 확인한 뒤 편의점에서 자동 로또를 구입하는 심정과 비슷하다. 기대하지 않으면서도 내심 토요일을 애타게 기다린다. 나는 돈 잘 버는 작가가 되고 싶은 것일까. 맞기도 하고 아니기도 하다.

2년 전 출간된 첫 단행본의 4분기 인세가 입금됐다. 한 계절 동안의 판매 실적은 고작 34,000원. 그런데 금액을 확인한 순간 충격보다 안도하는 마음이 앞섰다. 조만간 그 책이 절판될 것이라 비관해 왔기 때문이다. 한두 권씩 야금야금 팔리다 어느 순간 소리 소문 없이 사라지고 말겠거니 했다. 주목받지 못한 책의 운명이 대개 그렇듯이. 하물며 내 책이 〈효리네 민박〉 같은 인기 프로그램에 등장하거나 셀럽의 추천으로 역주행할 가능성은 로또에 당첨될 확률만큼이나 낮다. 정말로 꿈 같은 이야기다.

내가 바라는 현실적인 소망은 따로 있다. 책이 지속적으로 판매되는 것이다. '더 이상 찾는 독자가 없으니 절판하겠습니다'라는 출판사의 비보 대신 중쇄 소식을 듣고 싶다. 여전히 새로운 기획을 제안받는 작가로 살아남고 싶다. 분기마다 입금된 인세를 확인하며 아직 괜찮다는 무사함을 느끼고 싶다. 많이 벌지 않더라도 꾸준히 벌고 싶다. 성인 둘, 고양이 하나가 무탈할 수 있을 만큼, 우리를 책임질 수 있을 정도라면 족하다. 돈을 잘 번다는 건 내게 그런 의미다.

그리고 잊히지 않고 싶다. 막상 쓰고 보니 이보다 더 비현실적인 소망이 또 있나 싶다. 하지만 가능성이 아주 없지는 않을 것이다.

우선은 써야 한다. 토고가 초고가 될 때까지, 완성된 글이 이름 모를 독자의 마음에 가닿을 수 있도록. 어제와 다름없이 반죽을 치대는 미야가와 할머니처럼 일본 최고의 우동 대신 어디서도 맛볼 수 없는 귀여운 우동을 대접하겠다는 마음을 잊지 말아야 한다. 유명해지고 싶은 욕망이 아니라 지우고 다시 쓰는 끈기만이 초고를 완성시킬 테니까. 올해의 베스트셀러가 글쓰기의 목표가 될 순 없을 테니까.

◇◇◇◇◇◇◇◇

삶을 해결하는
방법

4년 전 처음으로 작업실이란 걸 갖게 됐다. 원룸에서 투룸으로 이사하면서다. 작은 방에는 이전 세입자가 물려주고 간 두 칸짜리 옷장이 놓여 있었는데, 여기에 책장과 이케아 3단 선반, 종이 박스 몇 개를 두었더니 딱 책상 하나 놓을 만큼의 자리가 남았다. 단출했지만 충분하다 싶었다. 어엿한 직업인이 된 듯한 뿌듯함도 밀려왔다. 글쓰기를 위한 공간이 생겼다는 사실만으로 나는 새삼 내 일을 진지한 자세로 바라볼 수 있게 됐다.

그럼에도 한동안은 작업실을 사랑하기 위해 갖은 노력을 들여야 했다. 고만고만한 높이의 주택들에 둘러싸인 그 집은 남향임에도 햇빛이 들지 않았다. 한낮에도 동굴에 갇힌 기분이 들었고 창문은 하루 한 번 환기 용도로만 쓰였다. 결로와 곰팡이가 없다는 게 천만다행이었다. 예술가의 우아한 공간은 바라지도 않았다. 그저 두통과 알레르기성 비염이 악화되지 않을 정도의 쾌적함을 유지하고 싶었을 뿐이다.

우선은 궁여지책으로 태국 방콕에서 사 온 카르마카멧 디퓨저를 침대맡에서 책상으로 옮겼다. 레드파인 향이 산림욕을 하는 듯한 착각을 일으키길 기대하면서. 어둡고 습한 장마철에는 '여름밤' 캔들로 분위기를 바꾸고, 겨울에는 기관지에 좋은 유칼립투스 오일을 디퓨저 가습기에 한두 방울 떨어트렸다. 벽에는 태양의 가장자리를 도는 우주왕복선 포스터를 붙였는데, 나는 그 이미지를 창문 대용으로 여겼다. 생각이 막힐 때면 먼지처럼 부유하는 아틀란티스호를 뚫어져라 바라보았다.

공교롭게도 작업실이 생긴 이후 이런저런 출간 제안이 들어왔다. 책방을 정리하고 글쓰기를 본격적으로 시작하면서가 정확한 선후 관계겠지만. 여하간 시기가 묘하게 맞물리면서 각각의 상황이 서로의 원인과 결과가 된 것처럼 느껴졌다. 그런데 지나치게 진지했던 탓인지 나는 자주 밤을 샜다. 변화된 일상에 채 적응하기도 전에 마구잡이로 일감을 받으면서 작업이 밀리기 시작한 것이다. 그래도 작업실이 있어 24시간 프랜차이즈 카페를 전전하지 않을 수 있었다. 예전저럼 원룸에 살았더라면 남편의 코골이를 들으며 숨죽여 일했을지도 모른다. 새벽의 끄트머리, 쓰레기 수거 차량의 부산한 소음이 들릴 즈음에야 나는 남편과 하루를 배턴터치했다. 남편은 회사로, 나는 침대로. 암막 커튼은 필요하지 않았다.

여전히 나는 옷방 겸 서재 겸 다용도실로 쓰는 작은 방의 한 귀퉁이를 작업실로 쓰고 있다. 다만 지금 집은 사계절 볕이 들고, 나지막한 산과 바투 붙어 있어 창 너머로 울창한 숲이 보인다. 더는 인공적인 향으로 코를 속일 필요가 없다. 이곳으로 이사 올 때 우리는 전세자금대출을 받았다. 신혼부부이면서 부부 중 한 사람의 소득이 현저히 낮은 덕분에, 나의 그해 연수입이 1000만 원 이하였기에 무리 없이 혜택을 받을 수 있었다. 손에 쥐어본 적 없는 거액의 돈으로 채광과 뒷동산, 집 앞의 개천을 산 것이다.

남편이 없는 오전 10시부터 저녁 7시까지 생활 공간은 온전히 내 차지다. 나는 그 시간 동안에만 일을 한다. 더는 예전처럼 밤을 새지 않는다. 2년을 그렇게 살았더니 '스트레스성'이 붙는 온갖 잔병을 얻었다. 한시도 쉬지 못해 생긴 병이 아니라 쉬는 동안에도 안절부절못하느라 생긴 병이다. 일을 시작하기 전에는 간단한 집 청소를 한다. 저녁에는 피곤할 게 뻔하니 미리 해치우자는 심산이었는데 하다 보니 가벼운 운동처럼 몸에 익었다. 아침 조회 시간의 맨손체조 같달까. 살살 달래가며 몸을 깨운다.

　맨 먼저 '미세미세' 어플로 미세먼지 농도를 확인한 뒤 창문을 열지 결정한다. 설령 나쁨 상태가 뜨더라도 15분쯤은 열어두는 편이다. '나쁨'을 '보통'으로 읽어도 좋을 만큼 보통의 날이 드물다. 그다음엔 정전기 청소포로 바닥의 먼지를 훑는다. 머리카락, 고양이 털, 각질, 과자 부스러기 같은 것들은 매일 청소해도 매일같이 쌓여 있다. 사방에 흩어져 있는 어제의 흔적을 쓸어 모으며 미처 처리하지 못한 감정의 찌꺼기도 함께 치워버린다.

　침구를 정리하고, 화분마다 물을 주고, 세탁기를 돌리고, 밤새 넣어둔 행주를 개키고, 볕이 좋다면 베개와 도마를 꺼내 말리는 데까지 드는 시간은 40분 남짓. 여기까지가 내가 유지하는 생활의 기본이다. 그 이상 꼼꼼히 애쓰지 않는다. 눈에 거슬리는 게 있더라도 일단 무시한다. 짓무르기 시작한 나물 반찬도 무시하고, 책장에 아슬아슬 쌓여 있는 책들도 무시하고, 아직 세탁소에 맡기지 못한 겨울 외투도 무시한다. 할 수 있지만 하지 않는다. 온종일 의자에 앉아 근무하는 남편에게도 가벼운 운동은 필요할 테니까.

　책상에는 노트북과 마우스, 블루스타펀 화분, 아라비아

핀란드 머그잔, 모나미 플러스펜과 젯스트림 볼펜, 무인양품 스케줄러, 에이숍 핸드크림, ABC 초콜릿, 첫 책의 교정지였던 이면지, 요즘 읽고 있는 몇 권의 책이 놓여 있다. 매일 오전, 나는 책상 위의 이 작은 세계로부터 아주 멀리 떠났다가 해가 저물면 다시 집으로 돌아온다. 남편은 모를 것이다. 그 시간 동안 내 머릿속을 떠도는 온갖 불온한 생각과 터무니없는 상상에 대해서. 중얼중얼 혼잣말을 하다 벌떡 일어나 깍지 낀 양손을 뻗어 좌우로 스트레칭하는 나의 이상한 버릇도. 널 뛰는 기분을 어찌하지 못해 노브라 차림으로 아파트 단지를 한 바퀴 도는 모습 또한 모를 것이다. 남편이 만나본 적 없는 웬 여자가 오전 10시부터 저녁 7시 사이 집에 나타났다 사라진다.

내 삶을 해결할 방법이 불현듯 떠오른 것은 어느 날 저녁 셔츠를 다림질하고 있을 때였다. 그것은 간단하지만 뻔뻔해져야 할 수 있는 일이었다. 나는 거실로 들어가 텔레비전을 보고 있는 남편에게 말했다.
"아무래도 작업실을 얻어야겠어요."
〈작업실〉, 《행복한 그림자의 춤》, 앨리스 먼로, 곽명단 옮김, 뿔

앨리스 먼로의 단편 〈작업실〉에서 주인공 '나'는 스스로도 이것이 허황된 소리라 생각한다. 쾌적하고, 바다가 훤히 보이는 전망이 있고, 맞춤한 식당과 침실과 정원이 있는 집을 두고 굳이 작업실을 얻을 필요가 있는지 회의한다. 그럼에도 불구하고 '나'는 작업실을 얻기로 결정한다. "여자는 곧 집"이기 때문이다. 어디 두었는지 모를 물건을 찾고, 아이들이 왜 우는지 알아보고, 고양이에게 먹이를 주는 일은 여자의 몫이므로. 설사 글 쓸 공간이 있다 하더라도 방문을 닫을 생각조차 할 수 없다. "그 방 안에 엄마가 있다는 걸 아이들이 안다고 생각해 보라."

내게는 책의 주인공처럼 돌봐야 할 아이가 없다. 특별한 계기가 없는 한 앞으로도 마찬가지일 것이다. 나는 동굴 같은 방에 스스로를 고립시킬 수도, 아무도 모르게 사라졌다 조용히 돌아올 수도 있다. 집 바깥에 작업실을 두지 않고서도 내 시간을 온전히 지킬 수 있다. 적어도 남편이 퇴근하기 전까진. 한 공간에 머무를 때 우리는 상대의 시간을 침범하고 점유한다. 의도하지 않아도 그런 상황은 무심코 일어난다.

작년인가, 두 남매의 엄마인 친구를 오랜만에 만났다. 우리는 비슷한 시기에 출판 편집자로 일했는데, 영세한 출판사 직원인 나와 달리 친구는 업계에서 명망 높고 복지 혜택도

남다른 출판사에서 근무했다. 한번은 옆에서 부러워하던 내가 기회를 엿봐 그 출판사의 면접을 봤지만 보기 좋게 떨어졌다. 그런데 얼마 지나지 않아 친구는 결혼을 하더니 회사를 관뒀다. 결혼이 퇴사의 결정적 이유는 아니었지만 마침 타이밍이 그랬다. 이제 친구는 아이들이 유치원에 갈 만큼 자라서, 서로를 살뜰히 챙길 만큼 커서 육아가 한결 편하다고 했다. 최근에는 퇴사한 출판사로부터 외주 편집 일감을 받아 재택근무도 시작했단다. 기쁘다며 시원하게 웃는 얼굴이 정말로 그래 보였다.

대화는 종종 갈피를 잃곤 했다. 아이들은 엄마 품에 수시로 달려들거나 두 팔에 끈질기게 매달렸다. 이제 겨우 일을 시작하게 됐는데 가끔씩 아이들이 귀찮게 느껴지기도 한다고, 끊어진 말의 끄트머리를 찾아 덤덤하게 이어 붙이는 친구가 내 책의 면지를 활짝 펼쳐 보였다.

"이거 이모가 쓴 책이야. 우리 사인 받을까?"

나는 괜히 머쓱해졌다. 연민이나 안타까움은 아니었다. 우리에겐 저마다의 사정이 있고 각자의 선택을 사는 것이니까. 외출이 쉽지 않은 친구를 위해 종종 맛있는 조각 케이크를 사 들고 집에 놀러 가는 정도가 내게 허락된 오지랖일 테니까. 하지만 혼란스러웠다. 정말로 각자의 선택일 뿐일까.

아이를 갖지 않기로 선택한 나와 그렇지 않은 친구의 선택이 낳은 결과는 그저 각자의 몫으로 돌아가는 것일 뿐일까.

정리되지 않은 생각은 접어둔 채 나는 다시 한번 오지랖을 부려본다. "허공을 응시한 채, 남편도 자식도 없는 엉뚱한 곳을 바라"볼 수 있는 공간이 친구에게 주어지기를 속으로 바라본다.

실은 누구에게나 그런 장소가 필요할 것이다. 우리가 글을 쓰든, 쓰지 않든.

◇◇◇◇◇◇◇◇◇

미래의
나에게

여행책방을 폐업한 뒤 나는 인생의 첫 책이 될 원고를 쓰며 지냈다. 한동안은 생활의 중심이 글쓰기로 옮겨진 것이 어색했다. 바깥과의 접점은 거의 끊어진 상태였고 가끔은 내 세계가 방의 크기만큼 작아진 것도 같았다. 그렇다고 우울에 빠지진 않았다. 지금의 이 시간이 다음을 보장해 줄 것이라 기대했기에. 첫 책을 계기로 두 번째, 세 번째 기회를 만들 수 있으리라 생각했다. 물론 확신은 없었다. 출판 시장이 그리 호락호락하지 않다는 건 책방을 운영하며 숱하게 절감했으니까. 하지만 조금의 가능성이 있다면 시도해 볼 만하다고도 생각했다. 단점은 아니지만 장점이라 하기도 어려운, 모호한 낙관에 나는 꽤 의지하는 편이다. 그 미지근한 열기로 여자저차 여기까지 왔다.

그런데 12월에 들어서면서 나는 급속도로 초조해졌다.

신년 스케줄러의 빈칸을 마주할 때면 한숨이 터졌다. 증상이 심상치 않아 찾아보니 실제로 연말 증후군을 앓는 직장인이 적지 않다는 기사가 떴다. 한 해 동안 딱히 이룬 것 없는 현실이 앞으로도 반복되리라는 불길함. 내일이 걱정되기 시작했다. 책은 어떻게든 나오겠지. 하지만 그다음은? 내겐 예정된 다음이 없었다. 그것은 "오늘 집에서 뭐 해?" 묻는 엄마의 전화에 "뭐 하긴, 일하지"라고 당당히 대꾸할 수 없는 상황과 대면해야 함을 의미했다. 조바심이 턱 끝까지 차올랐다. 기회가 기회를 부르도록 기다릴 게 아니라 내가 먼저 기회의 목덜미를 움켜쥐어야 하는 게 아닌가. 지금의 안달을 가라앉힐 수 있는 건 오직 하나인 듯했다. 새로운 출간 계약서. 예측 가능한 내일의 보증서 말이다.

오랜만에 꺼내 읽은 교토 여행기는 예상보다 훨씬 쓸 만했다. 콘셉트를 명료하게 정리하고 분량을 늘린다면 상업 출판도 얼마든 가능해 보였다. 나는 '하다 만 것' 폴더에 저장되어 있던 원고 파일을 노트북 바탕화면으로 옮긴 뒤 워드 프로그램의 새 창을 띄웠다. 맨 첫 줄에 '출간 기획서' 다섯 글자를 호기롭게 쓰고 나니 뭐가 되도 될 것만 같은 자신감이 생겼다.

사실 교토 여행기는 딴짓의 결과였다. 마감을 앞둔 청탁 원고가 턱턱 막힐 때마다, 책방 업무가 꼴 보기 싫을 때마다 야금야금 쓴 길티 플레저. 좋아하는 도시의 가장 근사한 면을 기억에서 꺼내는 과정은 여느 글쓰기보다 흥이 났다. 반드시 지켜야 할 마감일이 없고, 글의 완성도를 염려할 필요가 없으며, 무엇보다 이것을 계기로 어떤 기회나 수익을 바라지 않았기 때문이다. 말하자면 이 글에는 목적이 없었다. 덕분인지 작업에 웬일로 속도가 붙었다. 자발적으로 교정교열을 보고, 직접 인디자인을 배워 본문 레이아웃을 완성할 정도였다. 제법 책다운 형태를 갖췄을 땐 독립출판물로 제작해 판매할 계획까지 세웠다.

그러나 예상대로, 큰 반전 없이, 교토 여행기는 세상의 빛을 보지 못했다. 막상 제작에 들어가려니 200~300만 원씩 드는 인쇄비가 아까웠던 것이다. 더구나 그 무렵 나는 책방을 지속하느냐 마느냐의 기로에 들어선 참이라 새로운 일을 벌이는 데 주저함이 있었다. 결국 최종 파일은 '하다 만 것' 폴더로 다시 조용히 돌아갔다. 야심 차게 시도했으나 이런저런 이유로 흥미를 잃거나 중도 포기한 작업물의 마지막 종착지가 바로 이 폴더였다.

자신만만한 시작과 달리 출간 기획서를 써본 적 없던 나는 이내 적잖이 당황했다. 다행히 포털 사이트에는 예비 저자를 위한 조언과 정보가 차고 넘쳤다. 대한민국에는 책을 읽는 사람보다 쓰(려)는 사람이 더 많다는 출판계의 자조적 농담이 문득 떠올랐다. 나는 출간 기획서 샘플 몇 개를 다운로드받은 뒤 내 식대로 목차를 재조합했다. 예상 판매량과 책의 장점, 저자 소개를 작성할 때는 허세 부리고 싶은 욕망을 꾹꾹 눌러 삼켰다. 노련한 편집자에게 비웃음을 당하고 싶지 않았다.

이틀 동안 샘플 원고 네 편을 작성했다. 동시에 함께 일하고 싶은 출판사도 리스트업했다. 최근 3년간 출간 목록에 여행 에세이가 포함되어 있으면서 내 글의 결과 감성을 공감해줄 만한 곳이 기준이었다. 그렇게 추리고 보니 수백 개의 출판사 중 겨우 여섯 곳이 손에 꼽혔다. 투고하고 싶은 출판사가 몇 군데 더 있긴 했지만 고민 끝에 목록에서 제외했다. 책방의 거래처였거나 사석에서 소개받은 적 있는, 안다고도 모른다고도 할 수 없는 애매한 관계의 사람들에게 나의 고군분투를 알리고 싶지 않았다. 창피했기 때문이다. 출간 기획서를 쓰면서 업계 관계자에게 조언을 구하는 대신 전문성이 의심스러운 블로그를 참고한 것도 알량한 자존심을 지키기 위함이었다. 투고 메일을 발송한 뒤에는 자동 로그인 상태인

이메일 계정에서 로그아웃했다. 밀려드는 부끄러움과 아쉬
움을 밤새 견뎌야 한다니, 끔찍하다.

　　그럼에도 궁금증은 어찌할 수 없어서 다음 날 눈을 뜨자
마자 이메일 계정에 접속했다. 놀랍게도 한 출판사로부터 답
장이 도착해 있었다. 마침 교토에 관한 여행서를 기획 중이며
적합한 저자를 수소문하던 차라는 내용이었다. 이토록 절묘
한 타이밍이라니. 이메일을 주고받은 지 이틀 만에 나와 담당
편집자는 홍대의 한 카페에서 만났다.

　　지금도 선명히 기억한다. 평일 오후임에도 만석이었던
소란한 매장, 목소리가 소음에 묻히는 바람에 재차 묻고 답하
던 대화, 내 기획을 꼭 책으로 만들고 싶다며 계약서를 슬쩍
꺼내던 순간 발갛게 달아오른 양 볼의 열기까지도. 그 자리에
서 선인세와 출간 일정을 상의한 뒤 나는 기꺼운 마음으로 계
약서에 서명을 했다. 예상치 못한 전개였지만 편집자의 적극
적인 태도에 어쩐지 신뢰가 갔다. 무엇보다 누군가가 나를 필
요로 한다는 사실이 더할 나위 없이 기뻤다. 계약서를 작성하
는 손이 바들바들 떨릴 정도였다. 순진한 저자라고 생각했을
까. 틀린 것도 아니다. 돈 앞에서 나는 정말 순진하다.

　　내일의 안위를 보장받은 그날, 홀가분한 기분으로 친구
를 만났다. 둘 다 술을 즐기지 않는 터라 커피와 빵을 사이에

두고 우리는 조금 전 이룬 작은 성취를 축하했다. "그래서 네 책은 언제쯤 나오는 거야?" "글쎄, 여름?" 목소리 톤이 곤두서지 않도록 유의하며 나는 심드렁하게 답했다. 마침 그곳은 북카페였고, 자리가 자리인 만큼 응당 나올 수 있는 질문이었지만 기분이 썩 유쾌하진 않았다. "지금 뭐 해?" "오늘 뭐 해?" "앞으로 뭐 해?" 나의 현재와 가까운 미래를 가늠하고 점검하게 만드는 질문들. 도무지 답을 헤아릴 수 없는 질문을 받을 때면 나도 모르게 날카로워지고 만다.

스마트폰 화면 위로 '새로운 메일' 알림이 뜬 건 이때였다. 불과 며칠 전과 달리 승자의 얼굴로 주저 없이 이메일을 연 나는 바로 후회했다. 내심 1순위로 꼽았던 출판사에서 출간 의사를 밝혀 온 것이다. 투고 메일을 보낸 여섯 곳 모두 신중히 내린 결정이었고, 그중 어디여도 좋다는 생각이었지만 상황이 이렇게 되고 보니 뒷맛이 씁쓸했다. 선택에 대한 후회보다 조급함이 앞섰던 스스로를 향한 실망이었다. 집으로 돌아가 차분히 고민해 볼 수도, 아니 마땅히 그래야 했던 사안이지 않았나. 나 자신이 너무도 어리석게 느껴졌다. 더구나 이처구니없는 실수까지 저지른 뒤였다. 계약서의 주민등록번호 기재란에 전화번호를 쓴 것을 이제야 발견했다며 편집자로부터 연락이 온 것이다. 두 사람 다 실수를 눈치채지 못

할 만큼 서둘러 진행된 미팅을 되감기 하며 나는 다시 한 번 얼굴이 발갛게 달아올랐다.

　무기한 미완성으로 남을 뻔한 교토 여행기는 《일단 멈춤, 교토》라는 제목으로 정식 출간됐다. 추가 취재를 하느라 나오기까지 꼬박 1년이 더 걸렸다. 이후 이 책은 나의 존재 가치를 증명해 주는 유용한 수단이 됐다. 작가로서의 책임감, 최소한의 능력을 확인한 출판 관계자들이 먼저 연락해 오기 시작한 것이다. 그렇게 반년 동안 네 건의 가이드북 출간을 제안받았다. 막상 제안이 쏟아졌을 땐 기쁨보다 좌절이 컸다. 가이드북 집필에 드는 시간과 체력, 경비가 전혀 준비되지 않은 상태였기 때문이다. 거절 회신을 보낼 때마다 다음 기회가 언제 찾아올지 모른다는 초조함이 들이닥쳤다. 제안을 승낙했다가 끝내 번복하고 마는 민폐도 끼쳤다. 다행히 계약서를 작성하기 전이었다.

　어떤 기회는 떠나보내고, 어떤 기회는 가까스로 붙잡으면서 나는 매일같이 불안을 의식한다. 그래도 이제는 예전보다 마음이 한결 너그러워졌다. 모든 기회가 균질한 성취와 미래를 담보하지 않을 수 있다는 확신이 어렴풋 들면서였을까. 더 나아가 내가 믿고 의지할 대상은 출간 계약서가 아니라 오늘의 성실함이라는 데까지 생각이 이르렀다. 지금 해야 할 일에 집중하는 것만이 미래의 내게 새로운 기회를 안겨주리라는 단순한 계산. 더하고 곱할 것도 없는 정직한 결론. 내가 예측할 수 있는 내일이란 딱 이 정도일 것이다.

그러니 미래의 나여, 너무 조급해하지 말길. 오늘의 내가 쓰고 지우는 일을 여전히 멈추지 않고 있을 테니까. 그리고 나는 나를, 조금 더 믿어보아도 좋겠다.

◇◇◇◇◇◇◇◇◇

해변가에서
마감을

프리랜서 글 노동자 모임에 다녀왔다. 자리에는 기획자, 번역
가, 소설가, 독립출판 제작자 등 다양한 직업의 참가자들이
고루 섞여 있었는데, 에세이 위주로 집필 활동을 하는 사람은
의외로 나뿐이었다. 분야는 달랐지만 우리는 비슷한 타이밍
에 맞장구를 치고 또 탄식했다. 물가 상승률이 반영되지 않은
원고료를 두고 분노할 때는 그럼에도 불구하고 여태 이 업계
에 발붙이고 있는 서로를 신기하게 바라보기도 했다. 물론 그
중 가장 이해할 수 없는 대상은 바로 자기 자신일 테지만.

조금만 방심했다간 금세 신세 한탄으로 빠지는 분위기
였다. 우리는 프리랜서의 장점에 대해 의견을 나눠보기로 했
다. 한 참석자는 시간과 이동의 자유를 장점으로 꼽았다. 다
들 수긍하는 반응이었다. 파티션 친 갑갑한 사무실 대신 햇살
가득한 카페에서 일한다거나, 재난 수준의 미세먼지를 뚫고

서 출퇴근하지 않아도 되는 유연한 근무 환경을 자랑삼았다. 그런데 언제 어디서든 자유롭게 일할 수 있다는 말에는 함정이 있다. 마치 프리랜서의 노동력이 24시간 상시 제공되는 것처럼 비춰진다는 점에서. 실제로도 그러한 환경에 스스로를 밀어 넣을 수밖에 없는 상황이 왕왕 찾아오기도 한다.

사실 이날 나는 40분이나 지각했다. 출간을 앞둔 책의 최종 교정지 파일이 당일 아침 예고 없이 도착하면서 일정이 꼬인 것이다. 편집자가 요청한 마감 시한은 오후 3시. 모임은 2시에 시작될 예정이었다. 머릿속이 분주해졌다. 경기도 성남에서 서울 마포구까지 이동하는 데 최소 한 시간 반 이상이 걸릴 터였다. 과연 출발 전까지 마감할 수 있을까. 최종 교정지 검토는 지난 1년간의 수고가 결집된 단계였고, 본문을 수정할 수 있는 마지막 기회라 더욱 심혈을 기울여야 했다. 아쉽더라도 모임을 포기하는 게 당연하다. 하지만 만나보고 싶었다. 하필 글쓰기를, 기어코 혼자서 쓰기로 결정한 사람들을. 이따금 나는 프리랜서라는 존재가 마치 상상 속 동물처럼 느껴지곤 했다. 이들의 생각과 생생한 목소리를 직접 듣고 싶었다.

다행히 집을 나서기 직전까지 교정지의 절반을 검토했다. 고속도로를 달리는 광역버스 안에서는 딱히 할 수 있는 게 없었다. 스멀스멀 올라오는 멀미 기운을 누르며 머리를 식히는 수밖에. 평일 오후 특유의 정적이 흐르는 지하철 6호선에서는 30여 분 동안 남은 페이지를 집중해서 살폈다. 장소를 가리지 않고 일하는 자신이 놀라워 그 와중에 인증샷도 찍었다. 이윽고 목적지인 역에 도착했을 땐 모임 장소가 아닌 근처에 있는 카페로 서둘러 향했다. 마지막 다섯 페이지를 체크한 다음 편집자에게 이메일을 보내기 위해서였다. 그렇게 길 위에서 발견한 수정 사항은 모두 열 개였다. 사소한 띄어쓰기와 오탈자가 전부지만 치명타가 될 뻔한 실수이기도 했다. 이대로 충분한 것일까. 더는 별 소용없는 의구심을 접어둔 채 나는 발송 버튼을 클릭했다. 오전 내내 참아온 갈증이 단숨에 몰려왔다.

나도 한때는 프리랜서를 오해했다. 일하고 싶을 때 일하고, 쉬고 싶을 때 쉬는 자유로운 영혼쯤으로 제멋대로 생각했다. 그건 아마도 팔자 좋은 인생을 꿈꾸는 나의 허술한 욕망이 덧씌운 이미지였을 것이다. 그러다 막상 프리랜서가 되었을 땐 스스로를 조직에 속하지 않은 독립된 노동자 정도로 인식했다. 회사원인가 아닌가. 건강보험 직장 가입자인가, 지역 가입자인가 같은 외부 요건이 정체성의 기준이 됐다. 간편

한 정리였다.

　프리랜서의 세계는 몸으로 부딪치며 스스로 터득하는 것 외엔 마땅히 배울 곳도, 조언을 구할 사람도 흔치 않다. 매일이 자신을 피실험자로 한 예측 불가 실험이다. 이 과정을 거치면서 나는 내 정체를 특정 조건으로 정의 내리는 대신 상태로 파악하게 됐다. 프리랜서란 자신의 삶에 보다 적극적으로 개입하려는 의지가 높은 사람이 아닐까. 흔히들 착각하는 '일하고 싶을 때 일하고 쉬고 싶을 때 쉬는' 두루뭉술한 개념의 자유 역시 각 개인에 맞는 최적의 근무 환경을 구축하는 자유로 바꿔 이해했다. 생활 패턴, 바이오리듬, 체력, 가족 구성원, 외부 활동 등을 고려해 자신의 근무 시간과 장소를 주도적으로 선택하는 것이다.

　갓 프리랜서가 된 무렵엔 일단 시동을 걸면 하염없이 작업에 매달렸다. 폭주 기관차처럼 일을 했다. 유난히 집중이 잘되는 날에는 그간의 부족함을 메꾸겠다는 듯 두세 배 강도로 몰아붙였고, 일이 뜻대로 풀리지 않으면 마치 체벌을 내리듯 책상 앞에 억지로 앉혀두었다. 그 결과 건강을 잃고 불면증을 얻었다. 바퀴가 떨어져 나가고 몸체가 완전히 망가진 뒤에야 나는 멈출 수 있었다. 프리랜서야말로 엄격한 업무 규칙이 필요하다는 사실을 그때 깨달았다.

이후 몇 가지 기준을 세웠다. 나 역시 여느 회사원과 다름없는 출퇴근 노동자라는 점을 기본 전제로, 특히 온오프 스위치를 제때 켜고 끄는 데 유의했다. 자신도 모르는 사이 까무룩 방전되지 않도록. 그 스위치를 조정할 수 있는 사람은 오직 나뿐이다. 지금까지 세운 업무 규칙은 다음과 같다.

- 근무 시간은 평일 오전 10시부터 오후 7시까지로 정한다 (식사 및 뒷정리, 틈새 가사 노동, 휴식 포함).
- 오후 7시 이후에는 업무 관련 문자와 카카오톡 메시지, 이메일을 되도록 발송하지 않는다(마감 전후는 예외).
- 주말도 위와 동일. 단, 일요일에 이메일을 보내야 할 경우 월요일 오전 9시로 예약 발송한다.
- 계획에 없는 당일 약속은 되도록 잡지 않는다(야근을 하고 싶지 않다면).

허술한 인간인지라 업무 규칙을 늘 지키는 건 아니다. 반드시 지켜야 한다는 강박 또한 없다. 말하자면 이것은 폭주 기관차로 분할 가능성이 다분한 스스로를 지키기 위해 마련한 일종의 가이드라인이다. 안전장치다. 무엇보다 이런 유의 자기 약속은 때로 무기력을 이겨내는 소소한 동력이 된다. 하고 싶은 기분이 들 때까지 무턱대고 기다리는 대신 "오늘은 한 시간만 일하고 쉬자"라고 격려한 순간 의외로 반나절쯤은 거뜬히 버티게 된다. 세상의 크고 작은 규칙이 우리를 옭아매기 위해서가 아닌 보호를 위해 존재하는 것과 다르지 않다.

시부모와 함께 베트남 여행을 떠났을 때 일이다. 잡지사의 청탁 원고 마감을 앞두고 있던 나는 출국 직전까지 좌불안석이었다. 미리미리 글을 써놨더라면 얼마나 좋았겠냐마는 불행히도 그런 기적은 일어나지 않았다.

상의 끝에 베트남에서 머무는 사흘 중 이틀은 일을 핑계로 관광에서 빠지기로 했다(내심 기뻤다). 마침 근처에는 세계 6대 비치 중 하나로 꼽히는 미케 비치가 있었다. 나는 해변 레스토랑 중 한 곳에 자리를 잡았는데, 저 멀리서 누군가 나를 봤다면 분명 부러워할 만한 모습이었다. 습기로 뭉친 거친 모래바람과 입 안을 침범하는 머리카락, 시끄럽게 울리는 방탕한 사운드로 인해 곤두선 신경을 상대가 눈치채기 전까지는. 참다 못해 리조트 안의 야외 카페테리아로 자리를 옮겼지만 아른아른한 열기로 인해 현기증이 일었다. 귀국행 비행기에 올라탈 때까지 원고를 완성하지 못했음은 빤히 예상된 결과.

여행에서 돌아온 나는 새로운 업무 규칙을 추가했다.

– 휴가 중에는 반드시 '오프' 상태를 유지한다.

역시 최고의 교훈은 대가를 지불했을 때 얻는 법이다.

허들을
뛰어넘는 순간

글이 아닌 사진으로 작업을 의뢰받았다. 여행 잡지의 인터넷 판 기사에 실린 내 사진을 보고 연락했다던 그는 어느 광고 대행사의 팀장. 무심결에 전화를 받은 나는 어리둥절했다. 프랜차이즈 카페의 인스타그램 홍보용 사진 촬영을 전문 사진가도 아닌 내게 왜 맡기려는 것인지. 혹시 다른 이와 착각한 게 아닐까 재차 확인했지만 틀림없이 나였다. 우선은 이메일로 제안서를 보내주길 부탁하며 대화를 끝맺었다. 페이에 관해서도 별다른 언급이 없길래 그 역시 내 쪽에서 먼저 당부했다. 다짜고짜 본론부터 풀더니, 정작 그의 말 속엔 제안받는 입장에서 필요한 정보는 쏙 빠져 있었다. 전화를 끊고 난 뒤 말 그대로 기분이 짜게 식었다.

결론부터 말하자면 그럼에도 불구하고 제안을 승낙했다. 컷당 10만 원이라는 파격적인 단가에 혹한 것이다. '저쪽' 업계의 사정을 모르는 입장에서 보기에 작업 조건과 금액은 '이쪽' 업계보다 확실히 좋은 듯했다. 매달 한 번씩 현장에 나가 열 컷 내외의 사진을 찍으면 된다니 이보다 더 가성비 높은 아르바이트가 있을까. 며칠 뒤, 두 시간 남짓 소요된 첫 촬영을 마치고 받은 보수는 50만 원이었다. 광고 대행사측에 보낸 스무여 장의 사진 중 다섯 장이 채택됐다. 그런데 입금액을 확인한 순간 나는 기쁨과 슬픔이 뒤엉킨 알 수 없는 기분에 휩싸였다. 뭔가 단단히 잘못되었다는 느낌. 불현듯 현실이 한쪽으로 갸우뚱 기울어지는 듯했다.

이렇다 할 베스트셀러가 없는 잔잔한 경력의 나는 청탁 원고를 쓸 때 200자 원고지 1매당 5,000원~1만 원의 고료를 받는다. 유명세에 따라 차이는 있겠지만 '이쪽' 업계의 평균 단가가 보통 이렇다고 알고 있다. 원고 구상, 자료 조사에 드는 시간과 에너지를 고려하면 차라리 글을 쓰지 않는 편이 이득일지도 모를 만큼 약소한 액수다. 그러니 50만 원을 벌려면 한 달 동안 최소 두 건 이상, 원고지 40~50매의 글을 써야 한다. 그건 쉽지 않은 일이지만 불가능한 일도 아니다. 오히려 문제는 내가 어쩌다 한 번씩 기고 요청을 받는 세상의 수많은 필자 중 하나라는 사실이다.

첫 번째 촬영이 마무리된 뒤 팀장은 다음번 작업도 맡

아주었으면 하는 의사를 밝혀 왔다. 나 역시 슬쩍 발을 담가볼까 진지하게 고민이 됐다. 클라이언트에게 인정받았다는 으쓱함은 물론이고, '저쪽' 업계의 보다 나은 처우를 생각하면 제안을 마다할 이유가 없었다. 하지만 이번에도 역시 다짜고짜 문자 메시지부터 보내는 상대의 태도를 '좋게 좋게' 넘기기가 어려웠다. 팀장과 주고받은 이메일도 마음에 걸렸다. 양식을 갖춘 제안서 대신 본문에 의뢰 내용을 두서없이 나열한 것도 모자라 입말 그대로 쓴 문장에는 오타가 수두룩했다. 핵심을 파악하기 위해 스크롤바를 아래위로 계속 움직여야 한 것은 또 어떻고. 그렇게 몇 번을 읽다 보니 모니터 너머의 사람이 보였다.

'아, 이 사람은 앞으로 돌진하는 타입이구나.'

예감은 적중했다. 촬영 직전 그는 한마디 통보로 내가 준비한 시안과 장소 섭외를 물거품으로 만들었다. 애초 협의한 프랜차이즈 카페 대신 엉뚱한 외식업체로 변경해 달라는 요구였다. 양해는 "갑자기 급해졌다"는 말로 간단히 뭉뚱그려졌다.

그날 갑작스러운 요청에 응하긴 했지만 종일 가슴이 답답했다. 예고 없이 틀어진 상황 때문만은 아니었다. 나와 그 사이에 생략된 무엇, 이를테면 신뢰와 배려가 빠진 일방적인 대화에서 내가 느낀 감정은 무력함이었다. 시키면 시키는 대로가 아닌 동등한 관계를 바랐다. 무리한 요구가 무리인 줄 모른 채 일이 돌아가는 데만 신경 쓰는 사람과 합을 잘 맞출 수 있을지 확신이 서지 않았다. 그러면서도 고작 몇 통의 전화와 이메일, 문자 메시지만으로 상대를 섣불리 판단하는 게 꺼림칙하게 여겨지기도 했다. 하지만 바로 그 이유 때문에 서로를 더욱 정중히 대해야 했던 것 아닐까. 고민에 고민이 더해져 쉽사리 결정을 내릴 수 없던 그때 별안간 말문이 턱 막혀왔다.

내가 지금 찬밥, 더운밥 가릴 때인가?

2017년 이른 봄이었다. 뮤지션 이랑이 한국대중음악상 시상식에서 보여준 호방함에 감탄한 건. 그는 친구가 돈과 명예와 재미 세 가지 중 두 가지 이상이 충족되지 않으면 그만두라 했다는 수상 소감을 남기며 최우수포크노래상의 트로피를 현장에서 경매로 팔았다. 상금은 없고 명예만 있던 시상식에서 똑똑하게 자신의 몫을 지킨 셈이다.

의뢰받은 사진 촬영 건은 분명 돈이 되는 일이었다. 반면 재미와 명예는 물음표였다. 작가로서의 커리어에 별 도움이 되지 않을 뿐더러 그 일이 내게 어떤 식의 활력을 줄는지도 의문이었다. 지시 사항을 일방적으로 통보받는 입장이라면 더더욱. 하지만 돈이 무엇보다 중요한 잣대임은 틀림없었다. 재미와 명예는 충족되지만 정작 페이가 형편없다면 분명 망설였을 것이다. 의미만으로는 생활을 지속할 수 없다.

지금과 달리 기꺼이 감수하던 시절이 있었다. 그땐 '좋아한다' '하고 싶다' 두 명제가 선택의 절대적 기준이었다. 다른 조건은 눈에 들어오지도 계산하지도 않았다. 오히려 이것 하나를 얻으면 다른 열 가지는 잃어도 된다는 이상한 셈법이 머릿속에 있었다. 평소 선망해 온 시민단체에서 무급 인턴으로 일하게 되었을 때 나는 조금의 불평불만도 가지지 않았다. 월급 60만 원을 쥐여주며 생색내던 이들마저 고맙다고 생각했다. 꿈에 그리던 서울의, 지상파 방송국에, 내 자리가 주어졌다는 사실만으로 감지덕지했다. 하지만 얼마 지나지 않아 제대로 속았다는 기분이 들었다. 세상이 나를 속인 것인지, 내가 나를 속인 것인지. 어쩌면 둘 다였을지도. 정당한 임금을 받지 못했다는 현실 너머에는 존중받지 못한 인간의 수치심이 자리했다.

결정을 어렵게 만드는 수많은 허들이 내 앞에 놓여 있다. 그 허들은 높이와 모양이 제각각이라 매번 다른 방식으로 대처할 수밖에 없다. 나이, 성별, 결혼, 자존심, 능력, 재미,

명예 같은 것들. 때문에 모든 결정은 늘 새롭고, 나는 잔뜩 위축되어 있다. 고백건대 내가 가장 어려워하는 마지막 허들은 돈이다. 결정의 기로에 설 때마다 찬밥 더운밥을 가리느라 진을 빼기 일쑤다. 돈은 궁하지만 돈이 전부가 아니라는 생각이 49 대 51의 비율로 서로를 밀고 당긴다. "그냥 쉽게 생각하면 안 돼?" 누군가 가볍게 던진 충고가 내게는 꽤 아픈 상처가 된다. 유난스러운 자신이 성가시고 괴롭다.

하지만 그래서 다행이다. 정말로 다행이라고 생각한다.

내가 함께 일하고 싶은 파트너는 다음을 기약하고 싶은 사람이다. 이메일 첫머리에 수신자의 직함 대신 이름을 정확히 기억해 불러주는 사람, 단어를 신중하게 고른 티가 역력한 사람, 통보가 아닌 가능성을 먼저 제안하는 사람. 나는 이런 사람들에게서 좋은 예감을 받는다. 혹여 결과가 만족스럽지 않더라도 함께 머리를 맞댄 과정이 즐거운 기억으로 남을 수 있기 때문이다. 목적지를 향해 돌진하는 파트너라면 나란히 발을 맞추기 어려울 것이다. 마찬가지로 나 역시 보폭을 맞추는 연습이 필요하다.

그날 "죄송하지만"으로 시작되는 거절의 문자 메시지를 쓰며 나는 한결 후련해졌다.

◇◇◇◇◇◇◇◇◇

신의 가호가
있기를

난생처음 건강검진을 받았다. 나로 말할 것 같으면 툭하면 허리가, 목이, 복부가 문제를 일으키는 잔병치레 종합소다. 과민성 대장 증후군, 거북목과 일자형 척추, 생리통, 알레르기성 비염, 잦은 설사가 내 몸의 기본 설정값. 염려와 달리 검진 결과는 무탈했다. 약간의 고혈압 증세와 위염이 발견되긴 했지만 현대인이라면 흔히 있을 법한 수준이고, 위벽에 자란 용종 역시 당분간 두고 보자는 소견이 나왔다. 대부분의 수치가 신기하리만큼 정상 범주를 가리켰다. 와중에 키는 무려 4센티미터나 자라 있었고, 몸무게 역시 작년보다 5킬로그램쯤 늘었지만 자라난 키가 비만 판정을 유보시킨 듯했다. 여전히 성장 중인 서른네 살이라니, 근래 들은 가장 발랄한 소식이다.

불과 얼마 진까지 나는 전 국민의 65퍼센트 이상이 가입했다는 실손보험조차 없었다. 믿을 구석이라곤 건강보험

공단에 납부하는 보험이 유일했다. '선풍기를 틀고 잠들면 죽는다' 같은 도시 괴담에 지금도 가슴이 철렁이는 건 아마 그런 이유 때문일지도. 그나마 이제는 피부양자 자격으로 남편 회사에서 제공하는 실손보험 혜택을 받을 수 있게 됐다. 수십만 원 상당의 건강검진도 여기 포함된다. 그 사실이 다행스러우면서도 씁쓸한 마음을 감출 순 없는 건 나의 자격지심일까.

결혼 전 우연한 기회로 보험 상담을 받은 적이 있다. 간호사인 친구가 보험 설계를 부업으로 하는 병원 동료를 소개해 줬는데, 망원동 어느 카페에서 만난 그분의 첫마디가 지금도 잊히지 않는다.

"은정 씨는 신의 가호를 받았네요!"

33년간 단 한 번도 병원 신세를 지지 않은 게 천만다행이라는 의미였다. 무려 보험도 없이!

돌이켜 보면 실손보험에 가입한 기억이 있긴 하다. 대학생 때였다. 보험 설계사인 친척의 실적을 위해 약관도 확인하지 않고 이름을 빌려주었는데, 보험료를 내지 않은 탓인지 어느 날인가 계약은 해지되어 있었다. 한참 뒤에 그 사실을 알아차렸을 만큼 당시 나는 보험의 개념과 쓰임에 무지했다. 경제관념이랄 게 없기도 했고 갓 스물을 넘긴 입장에서 보험은

어딘가 난센스처럼 보였던 것도 같다. 불확실한 미래를 보장
받기 위해 평생에 걸쳐 '쌩돈'을 갖다 바치다니, 속으로 콧방
귀를 꼈다.

　　이후로도 각기 다른 이유로 보험과 차츰 멀어졌다. 방송
국은 기본적인 4대 보험조차 취급하지 않았다. 정규직 직원
인 피디와 달리 방송작가는 비정규직이기 때문이다. 그것은
곧 프로그램이 갑작스레 결방할 경우 피디에게는 예정대로
월급이 지급되지만, 작가는 해당 회차의 페이를 받을 수 없다
는 의미였다. 한 팀 안에 격차가 버젓이 존재했다. 이후 4대
보험을 제공하는 직장으로 이직했을 땐 여윳돈을 꾸릴 상황
이 아니었다. 세전 120만 원의 월급으로는 서울에서 숨 쉬는
데 필요한 생활비를 충당하는 것조차 빠듯했다. 실손보험이
나 펀드 같은 미래를 위한 투자가 오히려 낭비처럼 느껴질 정
도였다. 그보다 나는 10만 원짜리 1년 만기 적금에 의지했다.
약간의 이자를 덧붙여 돌려받을 현금이 일상을 무사히 유지
하는 데 도움이 되리라 믿었다.

　　회사를 그만둔 이후 나의 수입과 지출은 불균형한 상태
를, 매우 안정적으로 유지 중이다. 다음 달 수입을 예측할 수
없는 상황에서 욕구와 기분을 위한 소비는 최소화됐다. 휴대

전화 요금과 신용카드 이용 대금, 교통비는 기본이고 부모님 생신, 명절, 각종 기념일 등 사회 구성원으로서 역할을 충실히 수행하기 위해 챙겨야 할 지출 항목만으로도 숨이 차다. 최근 몇 년간은 정기적금마저 포기했다. 내 이름 앞으로 쌓이는 돈임에도 불구하고 다달이 줄어드는 숫자가 상실로 다가올 만큼 마이너스에 예민해졌다.

이런 통계 수치가 있다. 경기가 침체됐을 때 저소득층을 중심으로 보험 해약이 일어난다는 것. "가난하고 불평등하면 사람의 마음도 제대로 작동하지 못한다"는 어느 저명한 학자의 발언은 부모의 손을 빌리지 않고서 악착같이 버틴 나의 지난 20대를, 그런 자신을 내심 기특히 여겨온 스스로를 아프게 찔렀다. 마음마저 뜻대로 가눌 수 없는 가난이라니.

하지만 나는 그 말을 전부 믿지는 않는다. 나쓰메 소세키의 푸념처럼 "좋은 옷을 입고 맛있는 음식을 먹고 멋진 집에 살고 싶다는 생각이 없지 않지만, 단지 그럴 수 없으니까" 지금에 얼마간 "만족"하고 있다. 궁색하지 않은 당당한 체념이 부끄럽지 않다.

처지에 맞춰 생활비를 융통하는 데도 꽤 익숙해졌다. 사정이 이렇다 보니 하루하루 크고 작은 문제 하나씩을 풀어가는 감각으로 살아간다. 얼마 전에는 이런 생각을 했다. 앞으로의 일을 가늠할 수 없어 곤란하다면 차라리 먼저 미래를 선수 치는 게 어떨까 하고.

　근래 요가에 부쩍 관심이 생겼다. 운동이라면 질색이지만 요가는 저항감이 들지 않았다. 자세 교정은 물론 심신을 단련하는 과정이 글을 쓰는 데 도움이 되리라는 기대가 한몫했을까. 찾아보니 인근 주민센터에서 운영하는 요가 강좌의 수강료가 깜짝 놀랄 만큼 저렴했다. 하지만 그런 만큼 수업 내용이 아쉬웠다. 단순 스트레칭 동작이라면 '강하나의 하체 스트레칭' 영상만으로도 충분할 것 같은데.

　결국은 한 계절을 뜸들인 끝에 아쉬탕가 요가 수업을 등록했다. 그나마도 친구의 소개가 아니었다면 더 오래 고민했을 것이다. 주 3회 18만 원의 수업료도 이번에는 쭈뼛대지 않고 호쾌히 결제했다. 이게 다 운동 통장을 개설한 덕분이다. 얼마 전 출판사에서 받은 출간 계약금 100만 원을 비상금 통장에 넣어두는 대신 운동에 투자하기로 결심했다. 의지를 꺾는 갖은 핑계로부터 자유로워지기 위해, 의지가 습관이 되는 그날을 위해 100만 원짜리 일회성 보험을 든 셈이다. 이때 보험은 안개 낀 미래를 대비하기 위함이 아니라 '일이 확실하게 이루어진다는 보증'이다.

여자에게
좋은 직업

"편집자는 여자에게 좋은 직업인 것 같아."

편집자인 친구와 수다를 떨다 갑자기 과거의 그 발언이 떠올랐다. 나 역시 출판사에서 근무하던 때였을 것이다. 20대 후반 문턱에 들어선 내 눈에 편집자는 꽤 매력 있는 직업처럼 보였다. 경력이 쌓이면 퇴사 후에도 프리랜서로 일할 수 있다는 점이 특히 그랬다. 만약의 상황, 이를테면 출산으로 인해 자의 반 타의 반 일을 놓는 상황을 피하고 싶은 마음에서 비롯된 생각이었다. 재택근무를 하면서 육아와 살림을 병행할 수 있으리라는 가정. 정작 결혼을 계획한 적도 없으면서 미리 그다음을 준비하며 설레발을 쳤다.

공교롭게도 시간이 흐른 지금, 나는 정말 프리랜서로 살고 있다. 편집자는 아니지만 책을 만드는 구성원 중 하나라는 점만은 여전하다. 프리랜서가 된 다음 해에 결혼도 했다.

조직을 떠나 홀로 일하게 된 동시에 새로운 소속이 생긴 것이다. 4년간의 동거 끝에 결혼을 결심했을 때 나는 퍽 무덤덤했다. 서로의 취향, 정치관, 자금 사정, 사소한 습관까지 속속들이 공유하고 있던 우리에게 결혼은 새로운 시작이 아니라 평소와 다르지 않은 생활의 연장이었기에. 양가 부모와의 관계 정도만이 새롭게 추가된 변수였고, 아직 합의점을 찾지 못한 명절과 제사 문제는 시간을 두고 차차 해결할 생각이었다. 그게 전부였다. 결혼으로 인해 일상이 뒤바뀌거나 혼란스러울 여지는 없어 보였다.

　하루는 남편과 간신히 시간을 맞춰 저녁 식사를 했다. 각자 집과 직장에서 야근을 하느라 아침에야 얼굴을 보던 시기였다. 그런데 식탁을 정리하며 냉장고에 반찬통을 넣던 남편이 찌푸린 표정으로 대뜸 나를 불렀다. "이거 버려야 하지 않아? 곰팡이 필 것 같은데." 접시째 랩을 씌워둔 요리였다. 그것 말고도 냉장고에는 유통기한이 지난 두부와 쿰쿰한 냄새를 풍기는 버섯 따위가 방치되어 있었다. 나는 그 사실을 알면서도 치우지 않았다. 반찬통을 비우고, 씻고, 냄새나는 비닐 봉투를 밖에 들고 나가 버려야 하는 수고로운 과정을 잠시 외면 중이었다. 토스트로 대강 끼니를 때우는 형편에 음식물 쓰레기 처리까지 신경을 쓸 여력이 없었다.

남편과 가사를 분담하고 있긴 하지만 막상 생활에선 '내일'과 '네 일'이 무 자르듯 정확하게 구분되지 않았다. 누구하나가 바빠지면 한쪽이 살림을 떠안기 일쑤고, 청결에 좀 더 예민한 쪽이 타일에 낀 물때를 참지 못해 먼저 손을 걷어붙였다. 집에서 더 많은 시간을 보내는 사람에게 가사 부담이 편중되는 것은 물론이다. 나는 일하는 틈틈이 청소기를 돌리고 빨래를 갠다. 냉장고에 식재료를 채우고, 계절에 맞춰 침구를 교체하고, 휴지와 세제 같은 비품이 떨어지지 않게 주의를 기울이는 것 역시 내 몫으로 돌린다. 피곤하지만 그게 더 효율적이니까, 남편은 손이 야무지지 않으니까, 요리 솜씨는 내가 더 나으니까. 나름의 합당한 이유를 들며 자진해서 가사 노동에 힘을 쏟아왔다.

그런 와중에 남편의 무심한 한마디가 가슴에 비수처럼 박혔다. 그의 말이 내게는 이렇게 해석됐다. "음식이 썩어가는 동안 뭘 한 거야. 넌 하루 종일 집에 있잖아." 걷잡을 수 없이 눈물이 쏟아졌다.

그 무렵 나는 수입이 전무한 상태였다. 단행본은 책이 출간된 뒤에야 출판사로부터 인세를 받기 때문이다. 계약 당시 인세의 일부를 계약금으로 받긴 하지만 그래 봐야

50~100만 원 수준이라 생활에 보탬이 되진 않는다. 명절에 받는 용돈과 다름없다. 그나마 간간이 들어오는 강연 요청과 청탁 원고가 아슬아슬한 통장 잔고를 메워주었다. 상황을 타개하기 위해 작업 기간을 단축하고 다작을 시도해 보기도 했다. 그렇게 한 해 동안에만 세 권의 책을 썼다. 쓰리잡을 한 셈이다. 하지만 성과와 별개로 그 어느 때보다 자주 병원 신세를 졌다. 더구나 그렇게 무리해서 번 돈은 연봉 1000만 원이 채 되지 않았다. 늘 현실을 직면하고 있다 여겼음에도 그때만큼은 눈앞에 펼쳐진 현실이 사무치게 쓰렸다.

올해라고 별반 다르지 않다. 직장인과 다름없이 매일 여덟 시간씩 꼬박꼬박 일을 하지만 돌아오는 월급도, 휴가도, 격려의 한마디도 없다. 티 나지 않는 노동이 되풀이되는 상황에 점점 지쳐가던 날엔 이런 생각마저 스쳤다. 어쩌면 나는 남편의 도움으로 운 좋게 자아실현이나 하고 있는 게 아닐까. 차라리 살림이라도 제대로 건사하는 편이 더 생산적이지 않나. 경제적 무능에서 비롯한 좌절, 집안일에 소홀했다는 자책, 다른 누구도 아닌 가족으로부터 일하는 사람으로 존중받지 못하고 있다는 소외감은 나를 피해 의식 덩어리로 만들었다.

냉장고 앞에서 눈물범벅이 되어 화를 내는 나를 두고 남편은 어쩔 줄을 몰라 했다. 오해라고, 가사 분담에 더 신경 쓰겠다며 사과도 했다. 그는 내가 평일 아르바이트 자리를 구하려 할 때마다 매번 만류하던 사람이다. 괜한 체력 낭비 말고 글만 쓰라고 권유했다. 그럼에도 미웠다. 동거인이 아닌 아내의 위치에 선 이후 찾아온 정체 모를 압박감에 대해, 나의 곤궁함을 가사 노동으로 만회해 보려는 구차함과 오기에 대해 남편은 이해할 수 있을까. 나조차도 이 혼란을 어떻게 설명해야 좋을지 알 수 없는데.

할 수만 있다면 지금이라도 당장 그 말을 고스란히 주워 담아 땅에 묻고 싶다. '여자에게' 좋은 직업이라니. 미래의 슈퍼맘이라도 꿈꿨던 것일까. 과거의 나는 너무도 자연스럽게 가부장제 속 기혼 여성의 역할을 수긍하고 있었다. 언젠가 결혼을 하고 아이를 갖게 된다면 그 책임은 자연히 내 것이 되리라는 예감이 무엇을 의미하는지 살피지 못했다. 그러니 만약 그 무지의 대가를 지금 톡톡히 치르고 있는 것이라면 제대로 통과하고 싶다. 여기 엄연히 존재하고, 실감하는 문제들을 왜곡하지 않고 정면으로 들여다보고 싶다.

그리고 좀 더 뻔뻔해지자는 생각을 한다. 남편의 경제적, 정서적 지지를 기꺼이 누리며 커리어를 쌓는 데 더는 자책감을 갖지 말자고. 내 몫 이상의 가사 노동을 꾸역꾸역 해내면서 마음의 빚을 갚지는 말자고. 만약 이런 마음 무장이

터무니없는 자기 합리화라면 그렇게 알고 있겠다. 여기까지가 너의 한계냐고 묻는다면 우선은, 그렇다고 하겠다. 아무래도 이 모순에서 빠져나오는 데는 조금 긴 시간이 필요할 것 같으니까.

시작은
잘하는 사람

프리랜서로 자리 잡기 전까지 직업이 네 차례 바뀌었다. 애초에 자기 자리를 정확히 간파했다면 좋았으련만 나는 첫 단추부터 미끄러졌다. 고등학생 시절부터 꿈꿔온 방송작가가 되었을 땐 매일이 좌절의 연속이었다. 분 단위로 움직이는 치열한 환경에 적응하지 못했고 하물며 소질도 보이지 않았다. 한 톨의 미련도 없이 꿈을 접었다. 이후 온라인 서점에서 웹진 관리 아르바이트를 하며 새로운 진로를 탐색했는데, 그때 발견한 프로그램이 여성 출판 편집자를 육성하는 교육이었다. 마침 웹진에 게재될 원고의 교정교열을 맡고 있던 터라 출판 편집에 흥미가 생긴 시점이기도 했다. 그렇게 나는 자연스레 출판계에 발을 디뎠다.

안타깝게도 출판 편집자로서의 경력은 그리 오래가지 못했다. 잡지사로 옮긴 뒤에도 마찬가지였다. 애써 버티지 않은 건 '여기보다 나은 무언가가 있지 않을까' 싶은 기대 심리 때문이었다. 그렇다고 전직을 할 때마다 마냥 신이 났던 건 아니다. 한 직장에서 근면 성실하게 경력을 쌓는 이들을 볼 때면 저들은 견뎠고 나는 그러지 못했다는 사실이 종종 마음을 괴롭혔다. 이것은 끈기의 문제일까, 절박함의 차이일까. 마땅한 답을 찾지 못한 채 그저 나의 성격적 결함을 겸허히 받아들이자는 허망한 결론을 내리며 스스로를 위로했다.

하지만 시간이 흐른 지금, 다른 각도로 나의 궤적을 톺아볼 때면 이런 생각이 든다. 어쩌면 지난 선택들이 그저 철없는 도피만은 아니었을 거라는, 내 삶을 어떻게든 책임져 보려는 발버둥이었을지도 모른다고.

새로운 시작은 나의 모자란 부분을 매번 적나라하게 드러냈다. 그러나 동시에 감춰져 있던 재능과 욕구를 깨닫는 기회이기도 했다. 나는 타인의 글을 다듬기보다 직접 쓰고 싶은 사람이었고, 불합리한 조직 문화를 바꿀 용기는 없지만 그곳을 박차고 나와 내 자리를 미련하게 찾아 나서는 무모한 사람이었다. 낯선 근무 환경과 시스템에 자신을 끼워 맞추느라 마찰이 일 때면 내 안에 작은 균열이 생겨났다. 이전에 없던 생각들이 그 틈에서 자라났다. 일과 생활의 균형에 관해 고민하

기 시작했고, 좋아하는 일과 잘하는 일 사이에서 어느 쪽에
더 무게 중심을 두어야 할지 자문했다. 돈과 시간의 함수관계
라는 인생 최대의 난제와도 맞닥트렸다. 직업이 바뀔 때마다
발견한 것은 비단 적성이나 성향만이 아니었다.

그렇다. 누군가의 말처럼 나는 그저 맛만 본 것일지도
모른다. 각각의 직업을 충분히 경험했다기엔 근무 기간도 짧
고 전문성 또한 턱없이 부족하다. 취업 시장에선 이런 식의
잡다한 경험이 오히려 감점 요소라고 들었다. 무쓸모에 가까
운 실패한 이력이나 다름없는 것이다. 하지만 그 일말의 경험
덕분에 적어도 나는 '시작은' 잘하는 사람이 됐다. 호시탐탐
가능성을 엿보되 뒷일은 크게 걱정하지 않는다. 예상치 못한
난관에 부딪혀 외상을 입더라도 회복할 수 있으리라는 믿음
을, 숱한 실패의 경험을 통해 배웠기 때문이다.

지인 중 한 사람은 '중도 포기할 바엔 차라리 시작하지
않는 편이 낫다'는 주의다. 시작은 잘하는 내 입장에선 결과
가 보장되지 않는다면 과정조차 시간 낭비라고 말하는 것처
럼 들린다. 하긴 틀린 말도 아니다. 좋은 경험이었어, 라고 웃
으며 수습하기엔 세상은 너무나 바쁘게 움직인다. 우리의 외
도를 기다려주지 않는다. 성과로 이어지지 않은 시도라면 더
더욱 냉정하다. 결국은 기회비용을 줄이기 위해 완벽한 시작

을 노릴 수밖에 없다. 그런데 그 완벽한 타이밍이란 대체 언제인 것일까. 무엇보다 완벽하게 준비된 내가 가능하긴 한 것일까. 나는 그걸 어떻게 확신할 수 있을까.

가끔 SNS를 통해 작가가 되기 위한 방법을 묻는 메시지를 받곤 한다. 당연하게도 그 질문 속의 작가는 회사를 다니지 않는 프리랜서인 듯하다. 알다시피 소설가와 시인은 등단이라는 공식 데뷔 절차를 밟는다(물론 이것은 선택이다). 하지만 보통은 글 쓰는 자격을 얻기 위해 자격증을 취득하거나 공인된 기관의 인정을 받을 필요가 없다. 작가로 활동하고 싶다면 일단 글을 쓰고, 일러스트레이터가 되고 싶다면 일단 그림부터 그리면 된다. 나아가 온라인 플랫폼에 작품을 공개하거나 독립출판물과 같은 물리적 형태로 세상에 자신을 소개할수도 있다. 만약 회사원이라면 이러한 시도를 창작자로서의 가능성을 안전하게 확인해 볼 기회로 삼으면 된다. 말하자면 '프리랜서' 작가로서의 상태는 자신이 그 시점을 직접 결정할수 있다는 의미이기도 하다. 너무 뻔한 조언인가.

플리마켓에 출점한 창작자들에게서 전해 듣는 하소연중 이런 이야기가 있다. "이런 건 나도 만들겠다"며 흘깃거리는 사람들의 손쉬운 평가다. 그때마다 나는 이런 생각을 한다. '하지만 결국 당신은 하지 않았고 앞으로도 하지 않을 거 잖아요.' 그 차이는 아주 크다.

　　이건 내 경험이기도 하다. 책방을 운영할 땐 글 쓸 시간 이 없다며 매일같이 투덜거렸다. 그런데 그건 회사원일 때도 마찬가지였다. 의욕만 앞설 뿐 상황을 탓했다. 결국 악순환 을 끊기 위해 내가 떠올린 방법은 자체 연재였다. 목표는 일 주일에 한 번, A4 한 장 분량의 에세이를 써서 브런치에 올리 는 것. 일단 시작하면 다음 스텝이 보일 것이라 믿고 당장은 나와의 약속을 지키는 데 집중했다. 월급과 의무가 사라진 자 발적 마감은 처음이었기 때문이다. 그리고 놀랍게도 세 번째 에세이를 업로드했을 즈음 출판사로부터 정식 출간 제의가 왔다. 짐작조차 하지 못한 결과였다. 누구도 원하고 기다린 적 없던 글이 작가로서의 첫 경력이 될 줄은, 정말 몰랐다.

　　영화 〈리틀 포레스트〉(한국판)에는 주인공 모녀가 토마 토를 먹으며 대화하는 장면이 나온다. 이때 꼭지만 남은 토마 토 과육을 밭 한가운데로 힘껏 던지며 엄마는 말한다. "저렇 게 던져놔도 내년에 토마토가 열리더라. 신기해." 옆에 앉아 그 광경을 지켜보는 딸은 영문 모를 표정이다. 엄마의 바람대 로 노지에 우연히 자리 잡은 토마토 씨앗은 무사히 자라 열매 를 맺을 것이다. 혹은 그대로 썩어 흔적 없이 사라지거나, 성장은 했으나 열매는 달리지 않을지도 모른다. 어느 쪽이든 씨앗을 뿌렸을 때만이 그 결과를 알 수 있다. 가능성은 그렇게 생겨난다.

참고로 나의 세 번째 책은 시작만 하고 멈춘 글에서 비롯됐다. 장장 30일간의 여행 기록을 브런치에 연재하려던 야심 찬 시리즈였으나, 이런저런 이유로 (그러나 예상 가능한 이유로) 고작 여정 첫째 날에 고꾸라져 방치되어 있던 글을 눈 밝은 편집자가 건져냈다. 더구나 그가 제안한 기획은 애초 내가 쓰려 했던 여행기가 아니라 책방 폐업기였다. 지나가듯 쓴 한 줄 문장에서 "마음이 술렁"였다고 밝힌 편집자의 이메일을 나는 영영 잊을 수 없을 것이다. 그러니 시작은 잘하는 나로선 더더욱 시작에 매진할 수밖에 없다는, 마땅히 합리적인 결론.

◇◇◇◇◇◇◇◇◇

행사의
주인공

계동에 있는 비건 카페에서 소규모 북토크를 가졌다. 이번 행사가 여느 때와 다른 게 있다면 북토크에 앞서 함께 저녁을 먹는다는 점이다. 일종의 패키지 구성이랄까.

식탁에 둘러앉아 음식을 기다리는 동안 나는 자기소개 시간을 갖자고 제안했다. 반가울 리 없는 시간임을 알면서도 굽히지 않은 건 어색한 분위기를 풀려는 의도도 있지만 실은 나를 위해서다. 이미 책에 쓴 내용이라도 그것을 말로 옮길 때면 부끄러움이 앞선다. 좋아하는 사람에게 쓴 편지를 그 앞에서 소리 내어 읽는 것과 비슷하려나. 미세하게 떨리는 목소리를 들킬까 봐, 내 진심이 곡해될까 봐, 글보다 못한 사람처럼 보일까 봐 생각이 많아진다. 그러나 서로의 이름을 묻고, 방금 전까지 무엇을 하다 이 자리에 왔는지 정도만 알게 돼도 거리감은 훅 좁혀진다. 불특정 다수가 아닌 구체적인 청중 앞에서 내 이야기를 고백할 때, 나는 보다 이해받고 있다는 느낌이 든다.

이날은 《오늘, 책방을 닫았습니다》를 중심으로 북토크가 진행될 예정이었다. 그래서인지 식사 내내 퇴사와 창업, 혼자 일하는 고충 등 묵직한 주제가 식탁 위로 쏟아졌다. 대화를 나누는 여덟 사람의 모습이 마치 과거와 현재 그리고 머지않은 미래의 나를 고루 모아놓은 것처럼 보였다. 우리는 서로의 답이 되어줄 수 있을까. 북토크 따위는 밀어둔 채 이대로 긴긴 식사를 나눈 뒤 집에 돌아가도 좋겠다는 생각이 스쳤다. 정말로 그랬다. 좀처럼 긴장이 풀리지 않은 탓에 음식에선 아무런 맛이 느껴지지 않았다.

다행히 내 맞은편에는 입꼬리를 살짝 올린 채 연신 고개를 끄덕이는 리액션 좋은 청중분이 앉아 있었다. 신기한 건, 수십 개의 눈동자가 일제히 나를 향해 있더라도 휴대폰 화면만 빤히 들여다보는 단 한 명의 지루한 눈동자를 발견하면 그게 그렇게 괴로울 수가 없다. 반대로 내게 집중해 주는 단 한 사람만 있어도 그날은 꽤 성공적인 기분이 든다. 시작하는 순간부터 마지막까지 나는 맞은편에 앉은 이의 얼굴에 시선을 고정시켰다. 준비한 시청각 자료를 볼 때나 간신히 고개를 돌릴 수 있었다. 시종일관 나의 부담스러운 시선을 받아내야 했던 그는 얼마나 곤란했을까.

　도중에 몇 번은 머릿속이 암전되는 바람에 대본을 훔쳐봐야 했다. 보통은 준비한 대본을 잘 보지 않는다. 행사 직전까지 종이가 닳도록 반복해서 읽긴 하지만 거기까지다. 암기한 내용을 필사적으로 기억하려다 보면 오히려 혀가 꼬이고 더듬게 된다는 걸 경험으로 깨우쳤다. 현장에서 즉흥적으로 내용을 더하고 빼겠다는 마음으로 임하는 편이 차라리 홀가분하다. 꼭 했어야 하는 말을 못 해 아쉬움이 남더라도 어쩔 수 없다. 사실 듣는 입장에선 그리 대수롭지 않은 문제일지도 모른다. 인상 깊었던 어느 작가의 북토크를 떠올려보면 자기 이야기를 진술하게 풀어놓을 뿐이었다. 문장과 문장 사이의 짧은 공백, 자신도 확신은 없다는 투의 머뭇거림마저 뭉클했던 기억이 난다. 작가와 단 한마디 말을 섞지 않았음에도 마치 좋은 대화를 나눈 듯한 기분이었다.

　그래도 이제는 "제가 무슨 말을 하고 있었죠?" 같은 너스레를 떨며 웃어넘길 줄 아는 여유 정도는 생겼다. 아니 그런 줄 알았는데, 북토크가 끝나갈 즈음 옆자리에 앉은 분의 농담에 다시 기가 팍 죽어버렸다.

　"얼굴이 수시로 빨개졌다 식었다 하는 게 귀여우세요."

질의응답 시간이 되면 공간의 에너지가 바뀌는 느낌이 든다. 어디선가 헛기침 소리가 들려오는 듯도 하고. 한숨 돌리며 질문을 기다리는 나와 달리 청중들 사이에선 묘한 긴장감이 감돈다. 이제 공은 저쪽으로 넘어갔다.

먼저 운을 뗀 건 출판사에서 편집 디자이너로 일하는 여성이었다. 당장은 아니지만 프리랜서로 일하게 될 언젠가를 염려하느라 고민이 많다고 했다. 그녀가 차분히 고충을 털어놓는 동안 사람들의 표정 또한 사뭇 진지해져 있었다. 어쩐지 내 이야기를 들을 때보다 더 경청하는 것처럼도 보였다. 내가 굳이 드리블을 하지 않아도 공은 사람들 사이를 자유롭게 오갔다. 이쪽에서 화제를 꺼내면 저쪽에서 자신의 경험을 공유했다. 때로 타인의 어느 한 시절은 다른 누군가에게 의미 있는 조언으로 받아들여지는 듯했다. 우리는 서로의 답이 되어줄 수 있을까. 아마 그럴지도 모르겠다.

어느 늦가을, 서점 고요서사에서 주최한 시인과의 만남에 참석했다. 그날 주제는 '걱정 말고 쓰고 일하는 삶'. 시인은 참석자들의 고민이 담긴 쪽지를 하나씩 펼쳐 읽으며 자신의 생각을 덧붙였다. 이윽고 내가 쓴 쪽지의 차례도 돌아왔다. 시인은 질문자가 누구인지 궁금해했고, 나는 잠시 망설이다 조심스럽게 손을 들었다. 구석 자리에 앉아 시인의 이야기만 조용히 담아 오려 했던 처음의 마음과 달리 막상 종이가 주어지고 말할 기회가 생기자 속마음이 후두둑 쏟아져 내렸다.

그날 털어놓은 고민은 이런 것이었다. 하던 일을 관두고 집에서 종일 글을 쓰는데, 빨래며 설거지가 쌓일 때마다 동거인의 눈치가 보입니다. 시인은 속시원한 해결책 대신 자신의 이야기를 조곤조곤 들려주었다. 글'만' 쓰는 생활이 아닌 글 바깥에서의 생활에 대해서도. 그게 다였다. 하지만 그것만으로도 충분했다. 여태껏 나는 그 고민을 단 한 번도 입 밖으로 꺼낸 적이 없었다. 아무도 묻지 않았기에, 물어봐 주어서 고마웠다. 단지 그뿐이었다. 행사가 끝난 뒤 시인이 책 면지에 남긴 문구는 이러하다. 걱정 말고 설거지는 그분께.

북토크나 독자와의 만남 같은 자리가 나는 여전히 어렵다. 왜 승낙했을까, 당일 직전까지 수십 번 후회하며 불안에 떤다. 그런데 내가 이리도 몸서리치게 괴로워하는 건 뭔가를 단단히 착각하고 있기 때문일지도 모른다. 불완전한 내가 지금까지 내린 일련의 선택이 아주 바보 같은 짓은 아니었음을 증명하고, 설득해야 할 것 같은 착각. 자리의 주인공으로서 시간이 아깝지 않을 만한 무엇을 제공해야 한다는 의무감. 그건 글을 쓰는 동안에도 마찬가지였다. 씩씩하면서 동시에 나

약하기만 한 스스로를 허물없이 드러내는 게 겁이 났다. 자기
소개서인 양 인생의 모범 답안을 제시해야 할 것 같아서였다.

그런데 여덟 사람의 열띤 표정을 보고 나니 단단히 오해
였구나 싶다. 내 역할은 대화의 마중물 정도면 된 거였다. 마
치 질의응답 시간에 먼저 손을 들어 물꼬를 트는 사람처럼.
정답이나 해결책은 내 몫이 아니었다. 그러니 걱정 말고 계속
해 보아도 좋겠다. 묻고 듣는, 듣고 묻는 그 일을. 나의 장황
한 이야기가 하나의 질문이 되어 누군가에게 가닿는 장면을
상상해 본다. 동시에 그들이 들려준 이야기가 내게 질문이 되
어 돌아오는 순간을 기다려본다. 모두가 그 자리의 주인공이
라는 사실을 잊지 않으면서.

재능이
의심되는 날에는

3일 동안 붙들었던 원고를 폐기 처분하고 처음부터 다시 시작하기로 했다. 문장을 이리저리 옮기고 생각을 짜깁기해 봐도 소용없었다. 더는 손쓸 방도가 없는 회생 불가의 글이라는 사실을 왜 좀 더 일찍 알아차리지 못했을까. 완성된 원고를 여유롭게 송고한 뒤 낮잠을 자겠다던 내일 아침 계획은 또 얼마나 허무맹랑했는지. 그러나 무엇보다 가장 괴로운 건 수년째 쓰는 일을 반복하면서도 여전히 허우적대는 자신을 목격하는 순간이었다. 의욕이 꺾이고 자신감이 바닥을 쳤다.

상황이 뜻대로 풀리지 않을 때 자신의 재능을 의심하지 않으면서 그 일을 계속해 가는 법을 아는 것은 중요하다. 특히 프리랜서처럼 자기혐오의 함정에 빠지기 쉬운 환경에 노출되어 있다면 더더욱. 다행인 건 폐기 처분도 경험이라면 경험이어서 나름의 요령이 생겼다. 내가 배운 교훈은 이러하다. 혹한기를 대비하는 곰과 다람쥐처럼 에너지원을 부지런히 비축해 두어야 한다는 것. 회복하는 힘은 그 힘을 필요로 하는 순간에 맞춰 짠 하고 등장하는 기적이 아니기 때문이다. 칭찬에 하염없이 약한 나는 평소 칭찬을 주섬주섬 모아두었다가 우울에 빠질 때마다 하나씩 꺼내 삼킨다. 아직까진 이보다 더 괜찮은 고효율 에너지원을 찾지 못했다. 적어도 내 경우엔 그렇다.

일본 드라마 〈수박〉에서 가장 좋아하는 에피소드 역시 칭찬에 관한 것이다. 주인공 하야카와는 서른넷에 집을 나와 하숙 생활을 시작한다. 이 소식을 들은 직장 상사는 이사 기념 선물을 주겠다며 갖고 싶은 것을 생각해 보라 하는데, 이때 하야카와가 가장 먼저 떠올린 선물은 다름 아닌 현찰이다. 그런데 며칠 사이 일련의 상황을 겪으면서 하야카와의 마음에 작은 변화가 생긴다. 그가 바라는 선물도 현찰에서 칭찬으로 바뀌었다.

"칭찬해 주시겠습니까? 대사를 써 가지고 왔습니다."
하야카와가 상사에게 건넨 종이에는 16년간 근무한 직장으로부터 존중받고 싶은 마음이 담겨 있었다. 머쓱해하며 준비된 대사를 읽어 내려가던 상사의 표정에도 어느 순간엔가 진심 어린 고마움이 스친다.

하야카와처럼 대사를 부탁할 상사나 동료가 없는 나는
어느덧 셀프 칭찬의 달인이 됐다. 스스로에게 하는 칭찬은 대
개 사소한 행위들이다. 칭찬의 목표가 자존감 높이기는 아니
기에, '기분 좋음' 상태를 안정적으로 유지할 수 있을 만큼의
가벼운 활력이면 충분하다. 따라서 칭찬이 반드시 일과 관련
될 필요는 없다. 그리고 이왕이면 그 행위가 구체적일수록 좋
다. 친구에게 먼저 연락해 안부를 묻고, 카레에 넣은 당근을
남김없이 먹은 일. 광역버스를 타고 한 시간 반을 달려 도착
한 카페에서 시간을 보내고 온 날 같은. 타인의 칭찬에 "그럴
리가요"라고 손을 내젓는 대신 당당히 고맙다고 말한 것 또
한 칭찬 스티커를 받을 만했다.

그런데 칭찬을 비축해 놓은 곳간이 늘 풍요로운 것만은
아니어서 가급적 대비책을 준비해 두는 편이 좋다. 마음이 절
박할 때 나는 주로 산책을 한다. 눈앞이 깜깜하고 결과가 불
확실한 상황일수록 시작과 끝이 명확한 행위가 도움이 된다
고 믿는다. 더불어 걷는 동안에는 생각의 속도가 보폭과 비슷
해지거나 느려진다. 그 덕분에 나는 섣부른 좌절은 잠시 뒤로
늦추고 상황을 객관적으로 바라볼 수 있게 된다. 이번에도 그
랬다. 망한 원고는 다시 쓰면 된다. 언제나 그래왔던 것처럼

이번에도 돌파해 나갈 것이다. 칭찬받은 과거의 자신을 상기하며 힘을 북돋았다.

사실 나는 하루도 빠짐없이 같은 길을 걷는다. 말하자면 그건 자기 자신에게 매일 실망한다는 뜻이기도 하다. 신기한 건, 한 시간 남짓 걸리는 산책 코스를 걷다 보면 적지 않은 수의 사람들을 만나게 되는데 무슨 이유인지 그게 그렇게 안심이 된다. 땀이 뻘뻘 나는 열대야에도 칼바람 부는 한겨울에도 한결같이 걷는 사람들 틈에서 왠지 모를 동지애를 느낀다. 무언가를 견디기 위해 안간힘을 쓰고 있으리라 추측하며 저들에게 내 처지를 투사하는 것이다. "어떻게 오늘 하루도 잘 수습하고 계신가요?" 묻고 싶어진다.

하야카와가 준비해 온 대사를 읽은 뒤 상사는 이런 말을 덧붙인다. 지금처럼 바바짱을 격려해 주었다면 회삿돈 3억 엔을 횡령한 뒤 사라지지는 않았을 것이라고. 바바짱은 하야카와와 가깝게 지낸 회사 동료다. "이제는 너무 늦은 이야기인가?" 스스로에게 고백하듯 그는 하야카와를 향해 되묻는다. "늦었지?" 두 사람의 대화를 지켜보며 나는 적절한 타이밍에 도착했던 어떤 칭찬들을 떠올렸다. 그 칭찬에 기대어 성장한 순간에 대해서도. 무더위 한가운데 쏟아지는 소나기처럼 해묵은 고민과 자괴감을 말끔히 씻어내는 칭찬이었다.

　　내가 나의 재능을 더 이상 의심하지 않을 수 있는 날이 과연 오기는 할까. 혹시 이렇게 평생 칭찬만 갈구하다 인생이 끝나는 것은 아닐까. 어쩐지 그런 슬픈 예감이 들지만 그건 그것대로 다행인 일일지도 모르겠다. 아무래도 역시, 칭찬은 사양하고 싶지가 않으니까. 어떤 칭찬은 몸치인 나도 춤추게 만든다.

◇◇◇◇◇◇◇◇

정색하고
나답게

프리랜서에게 소셜 미디어란, 명함을 돌리기 위해 발 벗고 나설 필요 없이 침대에 누운 채로 자신을 홍보할 수 있는 유용한 수단이다. 게다가 돈도 들지 않는다. 나 역시 인스타그램을 통해 신간 소식을 비롯한 각종 활동 내역을 업데이트하며 프리랜서로서의 쓰임과 재능을 어필한다. 덕분에 이제는 원고 청탁이나 행사 섭외, 출연 요청 등 제안의 8할이 인스타그램 메시지를 통해 들어온다. 나머지 2할은 '인스타그램을 보고서' 이메일을 보낸 경우랄까. 첫 만남에서 듣는 인사가 "피드에 올라오는 소식 잘 보고 있어요"라는 것에도 꽤 익숙해졌다.

이 가상의 공간에는 작가로서의 커리어만이 아니라 경기도에 거주하는 30대 주부 겸 집사의 시시콜콜한 일상 또한 쌓여간다. 이곳은 영업 무대이자 포트폴리오인 동시에 일기장인 셈인데, 평소에는 거의 후자의 상태를 유지하고 있다. 그렇다 보니 어느 날 뜬금없이 작가적 정체성을 드러내며 신간을 홍보할 때면 민망함이 앞선다. 겸연쩍달까. 필요한 일이란 걸 알면서도 영업 모드로 전환할 때마다 괜한 자의식이 발동하고 만다. 반대로 너무 사적인 고백이거나 영양가 없는 흰소리일 때, 사진이 너무 후진 것 같을 때에도 업로드를 망설이거나 기껏 올린 내용을 후회하며 삭제한다. 이미지 관리라기엔 거창하고 그저 생각이 많아질 뿐이다.

매번 가시방석에 앉은 기분일 바에야 차라리 계정을 분리하는 게 낫겠다 싶어 새로운 아이디를 고심해 보기도 했다. 하지만 이마저도 금세 손을 놓았다. 실제 내 생활이 그러하기 때문이다. 현실 밀착형 에세이를 쓰는 나는 나와 내 주변을 글의 소재로 삼는다. 일과 생활이 찰싹 달라붙어 한 몸처럼 움직인다. 그렇게 몇 년을 살다 보니 '이건 글이 되겠는데?' 하고 일상을 사사건건 분류하는 직업병이 생겼다. 아직 활자화되지 않은 자신이 흥미로운 콘텐츠인지 아닌지를 가늠하느라 피로해지는 병이다.

원고를 청탁받을 때 공통적으로 듣는 요청이 있다. "작가님만의 관점으로 써주세요." 이때 '관점' 대신 스타일이나 분위기로 단어를 바꿔도 무방하다. 가끔은 묻고 싶어진다. 이 주제에 관해 쓸 수 있는 수많은 필자 가운데 왜 하필 나를 콕 짚어 선택했는지. 돌이켜 보면 에디터로 일할 당시 인터뷰 섭외 1순위는 자기 삶의 윤곽이 뚜렷한 이들이었다. 그들에게선 받아 쓸 만한 이야깃거리가 무궁무진했다. 기사화하기 좋다는 의미다. 때문에 초조해졌다. 더는 내게서 무엇도 읽어낼 수 없을까 봐, 그저 그런 시시한 이야깃거리에 불과하게 될까 봐. 판매 불가 판정을 받은 상품이 되고 싶지 않은 나는 내가 흠모하는 인친의 피드에 들어가 그의 일상을 좇아가 보곤 했다. 닮고 싶고 훔치고 싶은 마음에 부끄러움을 느끼면서.

그런 날들이 지속되는 바람에 한 달쯤 인스타그램에 접속하지 않은 적도 있다. 어떤 사람으로 보여지고 싶은가를 내내 고민하다 결국은 자포자기 심정이 되어버렸다. 그때 나는 판매량에 연연하지 않으면서, 내 일에 자부심을 느끼는 쿨한 작가이자 건강한 사고방식을 지닌 생활인으로 비춰지길 바랐다. 책이나 여행에 관해서만 다루며 일종의 브랜드를 만들고 싶은 욕심도 났다. 낮은 채도를 일관되게 유지하는 진지한 분위기의 피드가 탐나면서도 한편으론 시시껄렁한 농담과 우스운 일상을 전시하고도 싶었다. 그러다 곧 생각하기를 멈췄다. 아니지, 이건 아니지.

한번은 난생처음 해외 출장을 떠났다. 홍콩의 올드타운 지역을 홍보하기 위한 관광청 프로젝트에 섭외된 것이다. 해당 지역을 여행하며 느낀 감상을 인스타그램에 공유하면 되는, 나로서는 거절할 이유가 없는 흥미로운 제안이었다. 게다가 항공료와 현지 체류비는 물론이고 내 기준에선 꽤 고액의 섭외비까지 지급된다니 지체할 것 없이 바로 미팅 날짜를 정했다. 그리고 며칠 뒤, 언제나처럼 "인스타그램 잘 보고 있어요"로 운을 뗀 첫 만남에서 나는 깜짝 놀라고 말았다. 프로젝트 담당자와 내가 책방 운영 시절부터 서로를 팔로우하며 소식을 확인하고, 심지어 이메일도 주고받은 사이였기 때문이다.

그는 내가 인스타그램에 올린 글과 사진을 인상 깊게 지켜봐 왔다며 이번 프로젝트에 함께해 주길 부탁했다. 더불어 평소처럼 홍콩 여행을 즐겨주었으면 좋겠다는 말을 보탰다. 덕분에 나는 닷새 동안 한 동네에 지긋이 머물며 구석구석 골목을 살폈다. 혼자여도 좋은 식당과 카페에서 시간을 보내며 특별한 에피소드 없이 하루를 마무리했다. 지극히 나만의 방식으로. 프리랜서기 되어 '여행하며 돈도 버는' 꿈이 실현된 순간이었다. 물론 그 이후 같은 행운이 반복되진 않았지만 그보다 더 큰 소득이 있었다. 내가 지금까지 쌓아 올린 작은 세계에 대한 신뢰였다.

브랜딩 디자이너 미즈노 마나부가 쓴《'팔다'에서 '팔리다'로》에서 그는 자기 자신 이상으로 보이려 하지 말 것을 강조한다. "긴장하면 평소대로 이야기하지 못하고, 평소대로 이야기하지 못하면 전달될 것도 전달되지" 않기 때문이다. 자신은 어차피 자신일 뿐이라며 정색하고 나서라는 충고도 잊지 않는다. 나는 '정색'이라는 단어에 진하게 동그라미를 둘렀다. 최근 한 유튜버로부터 인터뷰 요청을 받은 뒤 고민이 많던 참이었다.

그 유튜브 채널은 각 분야에서 활동 중인 프리랜서를 초대해 질의응답 하는 콘셉트였다. 관심 있는 주제라 제안을 받자마자 반가움이 컸지만 선뜻 예스가 나오진 않았다. 유튜브 출연이 처음이라는 건 큰 문제가 아니었다. 오히려 걱정은 앞서 출연한 이들의 면면에 비해 내가 가진 콘텐츠가 빈약하다는 점이었다. 경력이나 경험 측면에서 특이할 만한 게 없었다. 그럼에도 욕심은 났다. 새로운 창구를 통해 나를 영업할 수 있는 좋은 기회였고, 익히 알고 있던 프리랜서들 사이에 내 자리가 있다는 사실이 두고두고 힘이 될 것도 같았다.

이때 자신은 어차피 자신일 뿐이라던 조언이 결정에 종지부를 찍어주었다. 다른 이들과 비교할 것 없이 나의 고민과 느껴온 바를 '정색'하고 푼다면 적어도 스스로 부끄러울 일은 없을 터였다. 더구나 이제 막 프리랜서 길에 들어선 초보의 시행착오야말로 내가 할 수 있는, 가장 나다운 이야기이라는 생각이 들었다. 아무리 애써도 노련한 프리랜서인 척은 할 수 없을 테니까. 결국은 들통이 나고 말 테니까. 무엇보다 나의 프리랜서 인생을 통틀어 지금만큼 할 말이 많은 시기도 없을 테니 지금 실컷 떠들어두는 편이 좋을지도.

◇◇◇◇◇◇◇◇◇

좋아하는 일을
계속 좋아하려면

비건 베이킹을 시작했다. 왜 하필 비건인가 하면, 무언가를 시작하기로 마음먹었을 때 이왕이면 그것이 미래를 향해 있길 바라기 때문이다. 물론 나는 완벽한 채식주의자가 아니다. 생협에서 동물복지 유정란을 구입하며 면죄부를 품고, 냉동실에 얼려둔 소불고기를 버릴 순 없지 않냐며 굳이 구워 먹는, 그렇게 반 보 앞으로 갔다가 세 보 뒷걸음질 치는 인간이지만 그럼에도, 그렇게라도 미래를 맞이하고 싶은 인간이기도 하다.

　　비건 베이킹의 세계는 알면 알수록 흥미로웠다. 특히 유튜브로 국내외 비건 베이킹 레시피를 검색하다 보면 내가 믿고 있는 세계가 얼마나 좁은지 새삼 실감하게 된다. 버터와 계란을 쓰지 않고 어떻게 맛있는 디저트를 만들 수 있나 싶지만 어떤 세계의 사람들에겐 그것이 베이킹의 기본이다. 예를

들어. 치아시드 세 스푼에 물 한 스푼을 섞으면 끈끈한 점성
이 생겨 가루를 한데 섞는 데 도움이 된다. 코코넛밀크는 버
터 못지않은 풍미를 불어넣고, 두부는 부드러운 질감을 살려
준다. 캐슈너트, 아몬드 등 각종 견과류만 있으면 비건을 위
한 버터와 크림도 간단하게 만들 수 있다.

아직 걸음마 수준의 취미이지만 내 안에선 벌써부터 야
심이 피어오른다. 퇴직한 남편과 함께 경기도 언저리나 소도
시에서 비건 베이커리를 차리겠다는 포부다. 그 전까지는 꾸
준히 수련하며 마르쉐에 출점하고 팝업 빵집도 열고 싶다. 어
쩌면 발리나 치앙마이 같은 디지털 노마드의 성지에서 세 달
쯤 터를 잡고 비건 빵을 팔아볼 수도 있겠다. 만에 하나 외국
으로 이민을 가더라도 제빵 기술이 있으니 파트타임 자리 하
나쯤은 꿰찰 수 있지 않을까. 잘 발효된 도우처럼 내 머릿속
은 기대로 가득 부풀어 올라 있다. 그러니 혹시 꿈 깨라며 바
늘로 괜히 찔러볼 심산이라면 부디 참아주시길. 가능과 불가
능은 나의 관심사가 아니다. 지금은 들끓는 흥분을 마음껏 누
리는 단계다. 그리고 진지하게 중장년 계획을 세우고 있는 중
이기도 하다.

요즘 부쩍 40~50대의 내 모습을 상상해 보곤 한다. 이
일을 언제까지 할 수 있을까. 여전히 연봉 1000만 원 수준을

아슬아슬 유지하며 내일과 내년을 염려하는 처지면 어떡하
나. 불행을 피하는 것만이 내가 바랄 수 있는 유일한 기대라
면 그건 좀 서글프지 않나. 그래서 자꾸 곁눈질을 하게 된다.
사람은 기술이 있어야 굶어 죽지 않는다던 옛말을 좌우명처
럼 되새기면서. 하고많은 기술 중에 베이킹을 선택한 건 북아
일랜드 공동체의 베이커리에서 일하며 즐거웠던 기억 때문
이다. 어깨 너머 익힌 솜씨로 만든 브라우니와 스콘이 구워
지길 기다리던 시간, 공기 중에 스민 푸근한 빵 냄새, 채 식지
않은 식빵의 모서리를 한입 떼어 먹던 순간의 녹진한 풍요가
오래도록 내 안에 남아 있다.

베이킹에 빠진 보다 근본적인 이유를 깨달은 건 범죄심
리학자 이수정 교수의 인터뷰 기사를 읽으면서였다. 기사에
는 이런 내용이 나온다. 단시간에 노력의 성과를 눈으로 확인
할 수 있고, 레시피를 정확히 준수해야 하는 제과제빵 교육이
무절제한 생활 속에서 피폐해진 청소년들에게 긍정적인 영
향을 미친다는 것. 더불어 자격증을 취득하고 사회로 나가 새
삶을 시작할 가능성 또한 높아진다는 이야기였다. 살면서 처
음 맛본 성취감이 아이들을 변화시킨 셈이다.

그러니까 내게도 필요했던 게 아닐까. 구체적인 희망 말

이다. 공들여 쓴 책이 세상에 나올 때면 늘 보람보다 허탈함
이 컸다. 작업에 쏟아부은 시간과 애정만큼 적절한 보상이 돌
아오지 않으면 특히 더 심란했다. 대단한 반응을 바란 건 아
니지만 그렇다고 최소한의 기대조차 놓은 것은 아니었으니
까. 출간하기까지 고심하고 속앓이했던 기간에 비하면 한 권
의 책이 잊히는 속도는 너무하다 싶을 만큼 빨랐다. 그만큼
서운함도 크고 성취를 느낄 틈은 더더욱 없었다. 그렇게 몇
차례 비슷한 감정의 진폭을 겪으며 글쓰기가 내 일상의 전부
인 게 문제라는 결론에 이르렀다. 온 마음을 다한 것이 걸림
돌일 수 있다니. 억울했지만 엄연한 사실이었다.

　　그러니 좋아하는 일을 계속해서 좋아하려면 얼마간의
거리를 확보해야 했다. 글이 내 인생의 하나뿐인 목표가 되지
않도록, 존재 증명의 유일한 수단이 되지 않도록. 쓰는 생활
바깥에서 돌파구를 찾을 필요가 있었다. 그런데 곱씹을수록
쓴웃음이 났다. 책방을 폐업한 이유가 온전히 글만 쓰기 위해
서였다는 사실을 또렷이 기억하고 있기 때문이다. 나는 즐겨
듣는 팟캐스트에 출연한 '야근하는 시인'의 이야기를 떠올렸
다. 회사를 다니며 시 쓰는 일상이 단순히 돈의 문제만은 아
니라는 그의 말이 힘이 됐다. 수입에는 별 도움이 되지 않음
에도 기꺼이 지방 출장을 떠나는 피아노 조율사의 이야기 또

•

한 마찬가지였다. 그는 일을 마친 뒤 지역의 중식 노포를 탐방하는 취미를 26년째 즐기고 있다. 두 사람이 쉽게 지치지 않을 수 있는 건 일상 이곳저곳에 작은 재미와 보람을 두루 심어둔 덕분일 테다.

한번 꽂히면 불나방처럼 덤벼드는 성격 탓에 요즘은 글 쓰는 시간을 줄여 베이킹을 한다. 그렇다고 해야 할 일을 미루는 것은 아니다. 오히려 단축된 시간만큼 집중력이 높아졌다. 무엇을 써야 하나 끙끙 앓던 머릿속이 베이킹을 할 때는 한결 명료해진다. 0.1그램 단위까지 표시되는 전자저울의 얄짤없는 맺고 끊음이 나를 단순한 사람으로 이끈다. 이때만큼은 뭔가를 더 넣거나 빼기 위해 고민할 필요가 없다. 이토록 다른 성격을 가진 두 영역을 오가며 나는 에너지를 채우고 또 비운다. 그렇게 기울어진 축의 균형을 맞추어나간다. 혹여 맛 없는 빵이 나오더라도 그건 그것대로 재밌는 이야기가 될 테니 아주 손해는 아닐 것이다.

오븐에 넣은 파운드케이크 반죽이 폭신하게 익길 기다리며 언젠가의 미래를 상상해 본다. 어쩌면 그 미래에서도 나는 빵 굽는 일상에 대해 글을 쓰겠다며 차곡차곡 이야기를 쌓고 있을지도 모르겠다.

다행이다. 쓰는 일을 여전히 좋아하고 있다니.

◇◇◇◇◇◇◇◇
'하기'와
'하지 않기' 사이에서

책방을 오픈한 뒤 보통의 직장인에서 사장님으로 진화하는 동안 나는 아는 것보다 모르는 게 더 많은 자신에게 꾸준히 실망하곤 했다. 안다고 여겼지만 실은 몰랐거나 안다고 착각한 경우가 유독 많았다. 모른다는 사실이 부끄러워 엉겁결에 안다고 했던 기억은 어디에 숨겨두었을까. 어떤 자각은 선명하게 아팠지만 덕분에 매일 뭐라도 하나씩 배워나갔다.

　　다행히 시간이 지나면서 차츰 요령이 늘었다. 손님을 응대하는 표정과 자세가 한결 편안해졌고, 갑작스러운 질문에도 능청스레 답할 수 있게 됐다. 부가가치세 신고 기간이 더이상 두렵지 않았으며 매출과 순이익 사이의 간극에도 크게 놀라지 않는 배짱이 생겼다. 하지만 선택의 문제에서만큼은 늘 초보자였다. 전등갓을 교체하거나 화분을 몇 개 더 들이는 사소한 고민부터 행사 비용, 외부 업체와의 협업, 공간 확장

등에 이르기까지 결정의 순간마다 나는 어쩔 바를 몰랐다. 스스로에 대한 확신이 부족했기 때문이다. 평소 혼자 일하는 기쁨을 한껏 누리면서도 그때만큼은 어쩔 수 없이 동료의 존재가 절실해졌다. '근자감'이 아닌 동료의 객관적인 의견이 내 생각에 힘을 실어주었으면, 때로는 그 동료가 "문제없어"라고 대차게 응원해 주었으면 하고 바랐다.

　물리적 공간만 없을 뿐 1인 사업체와 다름없는 지금도 마찬가지다. 시험대에 오르듯 하루가 멀다 하고 선택의 기로에 서지만 매번 자신이 없다. 어떤 판단을 내리느냐에 따라 다가올 1년 혹은 가까운 미래의 운명이 좌우된다 생각하면 더욱 간이 쪼그라든다. 하지만 그럴 때일수록 나는 '하기' 쪽으로 마음을 기울이려 노력한다. 도무지 성미에 맞지 않는 제안이라도 커리어의 반경을 넓히는 데 일조한다면, 사사로운 호기심을 충족할 수 있다면 되도록 사양하지 않는다. 덕분에 생전 처음 유튜브 채널에도 출연하고, 한강 둔치에서 땀을 뻘뻘 흘리며 북토크를 하는 다시 없을 추억이 생겼다.

　때로는 '하지 않기'를 고민하는 순간과도 맞닥뜨린다. 경우는 다양하다. 기획도 좋고 보람도 있겠으나 심적 부담이 클 때, 내가 지향하는 가치관과 어긋나는 클라이언트일 때,

수입 안정화에는 도움이 될 테지만 몸과 마음의 에너지가 소진될 가능성이 높은 제안일 때 나는 갈등에 빠진다. 《일단 멈춤, 교토》 출간 이후 가이드북을 써보지 않겠냐는 연락을 꾸준히 받으며 여러 차례 미팅을 가졌음에도 끝내 쓰지 않은 것, 열정 페이 문제로 시시비비가 있던 단체의 강사 섭외에 응하지 않은 것, 공중파 프로그램에 출연해 세일즈할 수 있는 기회를 떠나보낸 것도 모두 그런 이유에서였다.

하지만 그때마다 단칼에 결정을 내렸던 것은 아니다. 답이 이미 정해져 있음에도 선뜻 마침표를 찍지 못했다. 세상의 눈치, 세상의 눈치를 보는 나의 눈치를 보느라. 혹여 배부른 소리를 하고 있는 건 아닌지 내 고민의 합당성을 따져보느라 결정을 회피하고 유예하길 반복했다. 그런 와중에 어떻게 너 내키는 대로만 사느냐는 주위의 충고는 어쩌나 힘이 세던지. 그럼에도 다행인 건 이토록 갈팡질팡하는 자신이 못내 답답할 때 힘이 되어줄 믿는 구석이 있다는 사실이다. 바로 일본 교토에서 만난 이상한 상점들이다.

교토를 여행하는 동안 관광 명소 대신 생활의 씀씀이가 느껴지는 동네 골목을 걸어 다녔다. 이미 여러 차례 와본 도시이기도 했거니와 자신만의 운영 철학을 가진 곳들이 구석구석 숨어 있어서다. 야외 주차장의 가장 안쪽 구석에 차린

카페라든가 고타츠가 놓인 다다미방에서 손님을 맞는 서점
같은. 머무는 동안 노트북 사용을 금지하는 카페가 있는가 하
면, 일부러 그런 것처럼 손바닥보다 작은 크기의 간판을 단
가정식 식당도 있다. 그곳에서 점심을 먹으며 나는 영화 〈안
경〉에 등장하는 민박집 '하마다'를 떠올렸다. 이곳 주인 역시
거의 눈에 띄지 않게 간판을 달아두었기 때문이다.

　"큰 간판을 내걸면 손님이 잔뜩 올 테니 이 정도가 좋아
요."

　심지어 《달을 보며 빵을 굽다》를 쓴 쓰카모토 쿠미 씨의
빵집 '히요리 브롯'은 매장조차 운영하지 않는다. 오직 온라
인으로만 사전 주문을 받아 빵을 판매하는 시스템이다. 또한
그는 달의 주기에 맞춰 한 달 중 20일은 일하고, 10일은 여행
을 떠난다. 예민한 빵 반죽이 달이 차고 비는 시기에 영향을
받아서다. 이토록 낭만적인 제빵사라니. 얼핏 들어서는 부럽
기만 한 인생이다. 하지만 동시에 의구심이 고개를 슬며시 든
다. 지금 당신이 (그리고 내가) 떠올린 바로 그 생각. 이렇게
해서 먹고살 수 있단 말이야? 도무지 믿을 수가 없군.

　쿠미 씨는 단순히 이상을 좇는 공상가가 아니다. 온라인
선주문 방식을 선택한 것은 버려지는 빵을 최소화하기 위해
서이며, 영업을 하지 않는 열흘간은 직거래 농장을 찾아 식재

료를 직접 경험하고 그 기억을 바탕으로 새로운 빵을 만든다. 히요리 브롯에서는 한화 5만 원으로 일곱 종류의 빵밖에 살 수 없다. 정성을 다해 만든 제품을 싼값에 팔지 않겠다는 건강한 다짐에서 비롯된 결과다. 정당한 가격 책정을 통해 노동의 대가를 보장하려는 쿠미 씨의 생각에 화답이라도 하듯 히요리 브롯은 5년 치 예약이 완료된 상태. "여행하는 빵집"은 그렇게 성장해 가고 있다.

세상에는 각자의 '이 정도'가 존재한다고 믿는 사람에게서 풍기던 태연한 말투와 태도를 떠올리면 왠지 안심이 된다. 아마도 내가 발견하리라 예상하지 못했던 무엇, 하지만 간절히 찾길 바랐을지도 모를 그 무엇을 저들에게서 목격했기 때문일 것이다. 확신이 행동을 이끌어내는 게 아니라 행동이 확신을 불러오며, 끝내는 그 확신이 설득력을 가지리라는 믿음. 설령 그 설득이 실패할지언정 옳고 그름을 판단할 순 없다는 사실을 이상한 상점의 주인들에게서 보았던 게 아닐까. 우리가 무언가를 하지 않기로 결정했을 때 그것이 포기나 체념이 아닌 또 다른 가능성을 향한 선택일 뿐이라는 것도.

그러니 성장은 반드시 무언가를 더 해내야만 이루어지는 게 아닐 것이다. '하기'와 '하지 않기' 사이에서 중심을 잡고 스스로 서 있을 때, 외부의 시선에 휘둘리지 않고 내가 원하는 방식으로 질서를 세울 때, 그렇게 인생을 의도할 수 있을 때 내 안의 '근자감'도 함께 자라나리라 믿는다. 그러고는 의연히 말하는 것이다.

저는 이 정도가 좋아요.

◇◇◇◇◇◇◇◇

완벽하지 말고
완성하기

스물한 살, 대학 학보사 기자로 활동할 때의 일이다. "제가 쓰겠습니다!" 하고 호기롭게 맡은 취재 기사가 내 역량 밖임을 깨닫고 좌절에 빠진 적이 있다. 속절없이 시간만 흘려보내기를 며칠. 도서관 앞 벤치에 망연자실 앉아 있던 나를 우연히 발견한 선배와 즉석 면담을 하게 됐다. 후배의 축 처진 어깨만 보고서도 뭔가 단단히 틀어졌음을 예감한 선배는 상황을 차근차근 짚어나가며 절망의 나락으로 떨어져 있던 나를 제자리로 돌려놓았다. 대화를 나눠보니 내 고민이 지나치게 부풀려져 있다는 게 문제였다. 혼자 끙끙 앓는 동안 온갖 추측과 망상이 덧붙여진 것이다.

그리고 1년 뒤, 나는 나와 똑 닮은 후배를 만나 곤경에 빠졌다. 마감 당일 저녁까지 감감무소식인 후배가 걱정되어 확인해 보니 기사는커녕 그 주 내내 취재조차 하지 못했다는 것이다. 부서 직속 선배인 나는 후배의 손을 붙들고 당장 밖을 나섰다. 다음 날 오후까지 조판을 끝내려면 시간이 촉박했다. 재학생 인터뷰를 따기 위해 수십 개의 단과대 건물을 도는 동안 나는 후배를 다그칠 수도 원망할 수도 없었다. 차마 그런 기척도 내지 못했다. 기사는 각자 쓰지만 신문은 함께 만드는 것이니까. 내 앞가림하는 데 급급해 마감 직전까지 후배의 사정을 들여다보지 않은 게 후회됐다.

　일주일 단위로 신문을 발행하는 학보사의 매일은 속도감이 넘쳤다. 일의 진행 상황, 예컨대 기획서와 실제 취재 현장 사이의 간극, 취재원 섭외, 예상되는 한계점 등을 수시로 공유하지 않으면 무언가 꼭 한두 개씩 놓치는 지점이 발생했고 이는 곧 신문 전체에 영향을 미쳤다. 각 개인의 역량과 신문의 완성도가 반드시 일치하지 않는 건 바로 이런 이유였다. 그러니 고민을 나누기보다 어떻게든 혼자 문제를 매듭짓는 데 익숙했던 나는 체질부터 완전히 개선해야 했다. 좌충우돌 실수할 때마다 동기와 선배의 도움을 받으며 협업의 기술을 익혀나갔다.

　지금도 나는 이때 습득한 기술을 유용하게 써먹고 있다. 프리랜서는 홀로 일하지 않기 때문이다. 물리적으로는 혼자일지 모르나 실은 다양한 이해관계 속에서 자기 몫을 책임지고 있을 뿐이다. 출판 현장에서 나는 '쓰기'를 맡고 있다. 여기에 출간 전 과정을 진두지휘하는 편집자와 원고에 물성을 입히는 북디자이너, 세상에 나온 책이 제자리를 찾을 수 있도록 힘 쓰는 마케터, 제작과 유통 담당자의 역할이 더해졌을 때 비로소 한 권의 책이 완성된다. 그런데 가끔 내 주변에 믿을 만한 동료가 존재한다는 사실을 까맣게 잊는 바람에 민폐를 끼칠 때가 있다. 세상 혼자 외롭다는 듯이 말이다.

《빼기의 여행》 초고를 쓰면서 유독 괴로운 시기가 있었다. 편집자와 기획 의도를 정리할 때만 해도 책의 콘셉트를 충분히 이해했다고 생각했는데, 막상 시작해 보니 도통 갈피가 잡히지 않았다. 쓰면 쓸수록 애초에 가려던 방향과 점점 멀어지는 듯했다. 그러다 결국은 매달 일정 분량의 원고를 보내기로 한 편집자와의 약속을 차일피일 미루는 지경에까지 이르고 말았다. 다소 엉망인 원고라도 일단 공유해서 의견을 듣자는 마음과 성에 찰 때까지 수정을 거듭하고 싶은 마음이 하루가 다르게 엎치락뒤치락하던 그때, 편집자와의 티타임이 위기의 전환점이 됐다.

상황을 솔직하게 털어놓고서야 나는 마음을 짓누르던 죄책감으로부터 해방됐다. 그간 티 나지 않게 속앓이를 했을 편집자 역시 한시름 놓은 표정이었다. 애매모호하게 느껴졌던 콘셉트와 방향성을 재점검하고 '이대로 계속해도 좋다'는 편집자의 격려를 받고 나니 지지부진했던 작업에도 다시 시동이 걸렸다. 이토록 쉽고 간단한 해결책이라니. 안도의 한숨과 동시에 멋쩍음이 밀려왔다. 공동의 문제를 함께 풀어가는 데 필요한 상식적인 과정일 뿐인데 그게 왜 이리 어렵고 머뭇거려졌을까. 아마도 그건 나의 뼛속 깊은 '민폐 금지' 조항 때문일 것이다.

타인에게 기대지 않으려는 습성의 기저에는 실망시키고 싶지 않은 절박함이 항상 깔려 있었다. 나라는 사람이 특별히 선해서도, 상대를 지극히 여겨서도 아니다. 오히려 괜한 자존심이 만들어 낸 오기에 가까웠다. 편집자는 내 원고를 읽는 최초의 독자이니까, 나를 믿고 저자로 선택해 준 사람이니까 가능한 한 최상의 것을 선보이고 싶었다. 그러나 결과적으로는 민폐를 끼치지 않으려던 마음이 되려 민폐를 낳는 악순환으로 이어졌다. 시행착오를 반복할 때마다 나는 같은 교훈을 복습한다. 도움이 필요한 순간을 알아차리고, 동료에게 도움을 요청하는 법을. 한 개인의 '노오력'만으로 채울 수 없는 것이 세상엔 너무나 많다는 것을.

물론 깨달음이 실천으로 바로 이어질 리 없다. 마감일

자정까지 때로는 이튿날 담당자의 출근 시각 직전까지 원고를 붙잡고 늘어지는 일이 아직은 부지기수다. 독촉 메시지가 올까 봐 덜덜 떨면서도 도통 포기할 줄을 모른다. 이토록 미련한 나를 어떻게든 이해해 보려는 동료들의 너그러움에 많은 빚을 지고 있다. 얼마 전엔 인터뷰집 《문학하는 마음》을 읽다가 자타 공인 마감 지각자인 한 문학평론가의 고백을 듣고 괜스레 가슴을 쓸어내렸다. 기한을 넘긴 만큼 더 좋은 글을 써내야 한다는 압박감에 마감이 더욱 늦어진다는 고백이 남 일 같지 않았다.

하지만 누군가 손꼽아 기다릴 만한 작품을 쓰는 것도 아닌 내가 귀 기울여야 할 조언은 바로 이런 것일 테다. "저는 한 사람이 어떤 때에 도달할 수 있는 한계, 경지가 있기 때문에 밤을 샌다고 드라마틱하게 나아지지 않는다고 생각해요. 또 세상에는 훌륭한 편집자가 많아요. 제가 놓친 걸 잘 봐주죠."(《월간 채널예스》 2017년 6월 호) 소설가 김영하는 지금껏 마감을 어겨본 일이 없다고 한다. "때가 되면" 원고를 보내는 것이 비결이라면 비결. 자신의 한계를 일단 받아들이고 동료와 함께 다음 스텝으로 넘어가는 것이다. 마감을 준수하기로 유명한 몇몇 창작자 역시 비슷한 이야기를 한 기억이 난다.

만약 누군가 내게 좋은 동료의 기준을 묻는다면 완벽이

아닌 완성을 향해 나아가는 사람이라고 답하고 싶다. 완벽은 도달할 수 없는 목표이지만 완성은 실현 가능한 시도이므로. 무엇보다 결과물을 함께 완성한 뒤 먹는 떡볶이처럼 맛있는 것도 없다. 그런 순간이 차츰차츰 누적될수록 나 또한 누군가의 좋은 동료가 되어 있겠지. 그러니 금요일인 오늘, 원고를 기다리고 있을 편집자의 산뜻한 주말을 위해 이 글부터 얼른 마무리 짓자. 퇴근 시간이 얼마 남지 않았다.

쓰고, 지우고, 다시 쓰는 과정을
여러 차례 반복하면서
나는 내가 더 나은 사람이
되어가는 느낌을 경험한다

송은정
〈저는 이 정도가 좋아요〉

◇◇◇◇◇◇◇◇

정상이 아닌
노동

근로자 내일배움카드 신청이 승인됐다는 메시지가 왔다. 고용 센터에 서류를 제출하고 일주일 만의 소식이다. 2019년 9월 이후 고용보험 미가입 자영업자와 특수형태근로종사자의 직업 훈련이 가능해졌다는 기사를 발견하고서 나는 기쁨의 환호성을 질렀다. (* 2020년 1월 1일부터 구직자, 재직자 내일배움카드가 국민내일배움카드로 일원화됐다. 실업, 재직, 자영업 여부에 관계없이 신청 가능하다.) 이전까지는 근로기준법상의 기준을 충족하는 노동자만이 그 혜택을 보았기 때문이다. 안타깝게도 고용주와의 사용종속관계가 불명확한 프리랜서는 노동자의 지위를 인정받지 못하는 처지다. 5월마다 꼬박꼬박 종합소득세를 신고하는 '일하는 사람'이라는 엄연한 사실은 아무런 힘이 없다.

승인을 기다리는 동안 부서 담당자의 곤란한 표정이 내

내 마음에 걸렸다. 2018년 소득금액증명원과 올해 맺은 출간 계약서, 출판사에 부탁해 받은 원천징수영수증만으로는 석연찮은 눈치였다. 지난해 소득의 상세 출처를 밝혀줄 서류를 준비해 오라는 담당자의 요청에 "그건 불가능하다"고 답하는 나 역시 갑갑했다. 청탁 원고나 북토크 같은 단발성 용역은 정식 계약서를 작성하지 않는 경우가 태반인 데다, 이제 와서 업체에 일일이 연락을 돌릴 수도 없는 노릇이었다. 북토크를 주최한 문래도서관으로부터 출연 계약서를 받은 적 있다는 사실이 어찌나 새삼스럽던지. 그땐 나조차도 깜짝 놀랐다.

다음 고비는 은행이었다. 익숙하지만 결코 익숙해질 수 없을 표정 앞에서 나는 또 한 번 위축됐다. 예상대로 신분을 보장해 줄 소속이 없고 소득 또한 불규칙하다는 이유로 그나마도 까다로운 통장 개설이 더욱 어려웠다. 연 소득이 2400만 원 이하냐는 질문은 어찌나 속이 쓰리던지. 이용 한도가 고작 30만 원인 입출금 통장을 받아 나왔을 땐 교무실에 불려 다녀온 양 온몸의 힘이 빠져 있었다. 회사원이었다면, 재직증명서를 떼어줄 소속만 있었다면 가뿐히 해결될 문제였는데. 잊을 만하면 겪는 이 모든 과정이 내게는 마치, 조금의 과장 없이, 존재 증명의 투쟁처럼 느껴졌다.

시스템 밖에서 노동하기를 선택한 죄로 겪는 애로 사항

은 곳곳에 산재해 있다. 사소하게는 도서 구입비에 대한 소득 공제조차 받을 수 없다. 이래 봬도 직업이 작가이고 출판 시장 활성화를 위해 나름 노력하고 있는데 연말정산 대상자가 아닌 사업소득자는 얄짤없이 '해당 없음'이다. 혹은 터무니없이 오른 건강보험료로 인해 뒷목을 잡게 될 수도 있다. 용역 업체로부터 받은 일회성 소득이 월급으로 간주되면서 벌어지는 일이다. 때문에 자동으로 퇴사 처리가 되는 직장인과 달리 프리랜서는 프로젝트가 종료될 때마다 해촉증명서를 요청해야 한다. 자신과 해당 업체가 일시적 계약 관계였음을 증명하는 서류를 스스로 챙겨야 하는 번거로움이라니. 뒤늦게 연락해서 구구절절 해촉증명서를 부탁하는 것보다야 낫겠지만 피곤한 일이 아닐 수 없다.

어떤 일화는 떠올릴 때마다 속상하다. 방송작가인 지인이 프로그램 녹화를 준비하던 중 크게 다쳤던 것. 그야말로 업무상의 재해였으나 방송사 측에 아무런 보상도 청구할 수 없었다. 비정규직이기 때문이다. 근무 형태, 기간에 상관없이 월 60시간 이상 노동할 경우 4대 보험 보장이 필수라지만 현실과 법 사이의 거리는 이토록 멀다. 무엇보다 내가 가장 분노한 지점은 모종의 배신감이다. 사생활을 반납하다시피 열정을 바친 일터에서 그 어떤 보호와 안전장치를 기대할 수 없다는 사실을 어떻게 받아들여야 할까.

　"미래엔 모두가 프리랜서"라는 문장을 읽은 적 있다. 실제로도 평생 직장과 정년퇴직 개념이 무색해진 지 오래고, 노동의 형태는 계속해서 다변화될 전망이다. 요즘만 하더라도 플랫폼 노동자 수가 눈에 띄게 증가했다. 한국노동사회연구소에 따르면 국내 프리랜서 수는 최소 42만 명, 서울시에만 7만 명이라고 한다(2017년 기준). 통계에 집계되지 않은 수까지 따지면 그보다 많은 프리랜서가 노동의 사각지대 어딘가에 존재할 것이다. 다행히 시대 흐름에 맞춰 사회보장체계도 서서히 보완되는 듯한 조짐이다. 서울시의회에서 '프리랜서 권익 보호 및 지원을 위한 조례안'을 발표하는가 하면, 고용보험에 가입되지 않은 1인 사업자 및 특수형태근로자, 자유계약자(프리랜서) 여성도 이제 출산 급여를 받을 수 있게 됐다.

　조금이라도 손해 보지 않기 위해 나 역시 안간힘이다. 경기도일자리재단이나 고용노동부 산하의 웹사이트를 주기적으로 체크하며 한 줌의 혜택이라도 챙기려고 한다. '청년 우대형 청약통장'이나 '경기도 일하는 청년통장' 역시 그렇게 알게 된 정보들이다. 마침 근로자 내일배움카드를 신청할 무렵엔 예술활동증명 심의가 통과됐다는 연락을 받았다. 창작준비금, 산재보험, 예술인 생활안정자금 등 여러 지원 사항이 있지만, 당장은 전국 문화예술기관 관람료를 할인받을 수 있는 예술인패스 정도가 내가 누릴 수 있는 혜택인 듯하다. 사실 이 제도가 얼마나 실질적으로 도움이 될는지는 잘 모르겠다. 하지만 누군가 우리를 신경 쓰고 있다는 느낌, 그 미미한 관심조차 없다고 생각하면 너무도 절망적이다.

자력구제의 정신으로 용케 여기까지 왔다는 생각을 하곤 한다. 하지만 그 혼자만의 노력이 과연 언제까지 유효할 수 있을까. 영화 〈기생충〉이 칸 영화제 황금종려상을 수상했을 당시 스태프의 표준근로계약서가 화제가 됐다. 노동권을 보장하면서 상도 탔다는 사실이 마치 미담처럼 보도된 것이다. 그러나 이후 밝혀지기를 이미 대부분의 제작 현장에서 표준근로계약서를 작성하고 있으며, 이러한 변화는 유명 감독 한 사람에 의해서가 아닌 영화산업노조의 꾸준한 노력으로 이룬 결실이었다.

이따금 동종 업계 프리랜서들과 느슨한 집합에 대한 이야기를 나눌 때가 있다. 노조나 협회, 사적인 형태의 모임을 함께 그려보는 것이다. 하지만 마땅히 뾰족한 수는 없어서, 우리끼리 뭘 어떻게 하나 싶어 대화에 더 이상의 진전은 없다. 누군가 나서서 판을 벌려주길 바라는 마음만 서로 확인할 뿐이다.

그리고 집으로 돌아온 나는 나대로 내 할 일을 찾아본다. 비영리 단체인 '프리랜서 네트워크'의 활동을 눈여겨보거나, 프리랜서 매거진 〈Free, not free〉의 텀블벅 펀딩을 후원하며 힘을 보탠다. 충분하진 않겠지만 그럼에도. 그럼에도의 마음을 잊지 않으려 한다.

예술활동증명

직업 예술인의 지위와 권리 보호를 위한 한국예술인복지재단의 지원을 받기 위해서는 포트폴리오 등록 및 자격 조건 심사를 통과해야 한다.

참고 사이트

예술인경력정보시스템 | kawfartist.kr

고용노동부 직업훈련포털 | hrd.go.kr

프리랜서 네트워크 | freelancernetwork.org

매거진 〈Free, not free〉 |

brunch.co.kr/magazine/free-not-free

◇◇◇◇◇◇◇◇◇

티끌 모아 티끌의
배신

향후 3년 안에 집을 살 수 있을 것인가. 근래 나와 남편의 공
통 관심사는 다름 아닌 부동산이다. 물론 아직은 확신보다 망
설임이 앞서는 단계다. 우리가 끌어모을 수 있는 최대 대출
한도와 이자 상환 능력을 계산하다 보면 이내 등골이 서늘해
진다. 부동산 관련 법규는 읽을 때마다 처음인 듯 새롭고, 잘
못된 판단으로 큰돈을 잃거나 감당 못 할 빚더미에 앉는 건
아닌지 걱정스럽다. 그럼에도 이 정도면 장족의 발전이다.
불과 5년 전만 해도 전세 대출금 6000만 원에 밤잠을 못 이
루던 우리였다. 남편은 할부도 빚이라며 신용카드조차 쓰지
않는 사람이었으니까. 인생 첫 신용카드를 만들게 된 계기도
현대카드 디자인 라이브러리에 입장하기 위해서였다.

　나 역시 돈에 관해서라면 시종일관 문외한으로 살았다.
책방을 운영할 때도 간이 면세 사업자의 개념을 명확히 이해

하지 못해 무지로 인한 탈세를 저지를까 초조해하곤 했다. 여전히 나는 주식과 펀드의 개념을 헷갈려 하고, 통장 입출금 내역을 확인하는 것이 괴로워 가계부 쓰기를 수시로 포기한다. 숨만 쉬는 데도 비용이 드는 세상에서 카드 돌려 막기의 단계까지 떨어지지 않은 것을 감사히 여겨야 할 수준의 금전 감각이다.

그런 내게 어느 날 내 집 마련이라는 원대한 목표가 생겼다. 무엇보다 남편의 의지가 강력했다. 하지만 억대 대출을 무리해서 받는 것이 과연 적절한 선택일까. 일말의 의구심이 해소되기 전까지 결정에 잠시 제동을 걸고 싶었으나 찬성, 반대는커녕 남편의 의견에 말 한마디 얹는 것조차 쉽지 않았다. 정말로 모르겠다는 말밖에는 떠오르지 않았다.

각성은 그렇게 찾아왔다. 중요한 결정 앞에서 본의 아니게 '입장 없음'의 상태가 되는 당혹감. 여기에 자신만 이토록 전전긍긍하는 것이냐는 남편의 토로까지 가세하니 정신이 번쩍 들었다. 그날 이후 나는 관심의 주파수를 차츰 조정해나갔다. 포털 사이트의 메인 카테고리를 〔여행〕에서 〔머니〕로 바꾸고 스마트폰에 '호갱노노' '아파트투유' '네이버 부동산' 앱을 차례로 깔았다. 모든 기사를 탐독하겠다는 결의라기보다 돈에 대한 민감도를 높이려는 작전이었다. 그러다 이

따금 남해나 통영, 속초 같은 언젠가 살아보고 싶은 지역의
시세를 검색하며 괜한 기대를 품어보기도 하고. 자신의 소확
행은 주말마다 통장 정리를 하며 목표 금액을 체크하는 것이
라던 어느 트위터리안의 기쁨을 이제야 공감할 수 있게 됐다.

하물며 요즘은 친구들과의 대화에서도 재테크가 빠지
지 않는다. 나이 탓인지 달라진 시대 분위기 덕분인지 돈 이
야기가 더는 별스러운 화제도 아니다. 아직 내공이 부족한 나
는 일방적으로 듣기만 하는 입장이지만. 그나마 유튜브 채널
'하말넘많'과 금융 지식을 제공하는 뉴스레터 서비스 '어피
티'가 대화를 따라잡는 데 도움이 됐다. 특히 여성들의 다양
한 소비 패턴과 금융 사례를 접하면서 그간 자포자기 심정으
로 경제생활에 임해온 나의 과거가 적나라하게 드러났다. 티
끌 모아 티끌이라는 어느 개그맨의 유머에 열광하던 나, 어차
피 이번 생은 틀렸다고 자조하며 그에 따른 패배감을 돈에서
자유로워지리라는 말로 애써 덮어온 지난날의 치기까지. 부
와 명예는 절대 내 것이 될 수 없는 양 운신의 폭을 스스로 좁
힌 것 역시 나 자신이었다.

4분기를 앞둔 9월에는 소비 재점검 시간을 가졌다. 근
몇 년간 입출금 내역을 꼼꼼히 살펴본 적 없다는 사실이 스스

로도 충격이었다. 지금까지는 한 달 동안 쓰고 남은 최종 잔고를 확인하는 정도일 뿐 정확한 쓰임새를 궁금해하거나 알려고 들지조차 않았다. 회고의 순간마다 죄책감이 들어서였다. 더구나 그때마다 막연히 허리띠를 더 졸라매야 한다는 압박만 느꼈을 뿐 정작 지출의 출처를 모르니 사실상 이마저도 의미 없는 반성이었다. 당장은 죄책감으로 인한 악순환의 고리부터 끊어보기로 했다. 자신을 보다 더 잘 이해하기 위해 쓰는 일기처럼 가계부를 대한다면 부담이 줄지 않을까. 가계부 작성을 나의 최근 관심사와 동향을 파악하는 계기로 삼는 것이다.

방만하게 흩어져 있는 재무 상황도 이참에 정리에 나섰다. 우선 내 명의의 통장과 체크카드, 신용카드를 한눈에 확인할 수 있는 '어카운트' 앱을 깔았다. 그런 다음 존재조차 몰랐던 온갖 휴면 계좌를 정리하고(대학 신입생 때 개설한 14년 묵은 통장 포함), 기존의 주택 청약통장은 만 34세 이하를 대상으로 한 청년 우대형 청약통장으로 전환했으며(마지막 열차였다), 소득 통장과 사적인 용도의 생활비 통장을 마침내 분리했다(1분기에 시도했으나 원점으로 돌아옴). 여기에 차일피일 미뤄왔던 일 중 하나인 휴대전화 요금제 변경도 해치웠다. 프리랜서가 되어 가장 먼저 한 일이 알뜰폰으로 요금제를 바꾼 것인데, 언제부턴가 기본 요금 23,500원의 두 배쯤을 당연한 듯 납부하고 있는 게 아닌가. 이게 다 와이파이가 잡히지 않는 장소에서도 잠깐의 공백을 참지 못하고 SNS에 접속한 탓이다. 그나마 몇 년 새 비슷한 가격대에 고용량의 데이터를 제공하는 요금제가 출시되어 얼마나 다행인지(그리고 한숨).

자체 점검 끝에 내린 중간 결론은 이러하다. 수입을 예측할 수 없다면 버는 행위가 아닌 지출 관리에 보다 신경을 기울일 것. 씀씀이를 무작정 절약하는 대신 그 달의 예산 한도 안에서 자유롭고 당당하게 소비할 것. 순간의 만족에 혹해서든 자기 계발을 위해서든 돈을 쓴 자신을 비난하지 않을 것. 동시에 기록하기를 멈추지 않을 것. 구체적일수록 불안은 자연히 줄어든다는 사실을 잊지 않을 것. 나는 이 다짐들을 내 집 마련을 위한 마음가짐의 출발점으로 삼기로 했다. 고작 이 정도의 다짐일 뿐이지만, 그 고작을 실행으로 옮기는 데까지 긴 시간이 걸렸음을 생각하면 역시나 장족의 발전이다.

+

새해 첫날 카카오 적금통장을 개설했다. 하나는 반려묘 옹심이의 내년 건강검진을 위해, 다른 하나는 묘르신이 될 언젠가를 대비한 병원비 마련을 위해 각 계좌마다 매일 1,000원, 월 만 원씩 자동이체를 걸어두었다. 내 몫도 잊지 않았음은 물론이다. '탕진 통장'이라는 애칭 아래 매일 2,000원씩 모으기 시작했다. 이건 2019년의 내가 2020년의 내게 흥청망청 쓰라고 주는 선물이자 13월의 월급. 기쁜 소식은 2019년이 앞으로 두 달밖에 남지 않았다는 사실이다!

2019년 적금 결산

- 탕진 계좌: 517,875원. 3주간의 스페인&포르투갈 여행 에서 쇼핑비로 지출

- 병원비 계좌: 110,618원. 고양이에게 필수인 수직 공간 확보를 위해 캣폴 구입에 보탬

- 건강검진 계좌: 295,505원. 2020년 1월 건강검진 예약

◇◇◇◇◇◇◇◇

검색되지 않는
마음

경기도 성남으로 이사 온 지 꼬박 1년이 지났다. 이전까지는 서울 마포구에서 5년을 살았다. 내게 성산동과 망원동, 합정동 일대는 제2의 고향 같은 곳이다. 과장인 것만은 아닌 게 지난 10년간 서울에서만 여섯 차례 집을 옮겼다. 정 붙일 틈도 없이, 어느 해에는 계절이 한 바퀴 채 돌기도 전에 서둘러 동네를 떠나야 했다. 반면 마포구는 추억이라 불릴 만한 것들이 켜켜이 쌓인 유일한 장소다. 이집트 여행 중에 만난 남편과 재회해 연애를 시작한 곳도, 여행책방 일단멈춤을 연 곳도. 첫 단행본의 원고를 쓴 곳도 모두 마포구였다. 그러니 나는 마포구에서 성장한 것과 다름없다.

　　3년째 판교로 통근하는 남편의 고생을 덜기 위해 서울을 떠나기로 했다. 그러자면 나름의 큰 결심이 필요했는데, 우리 둘 다 서울을 목표로 상경한 지방 출신이라 단 한 번도 경기도를 삶의 근거지로 고려해 본 적이 없었기 때문이다. 친구 집을 방문하거나 맛집 탐방 같은 구실이 아니고서는 일상적으로 드나들 계기 또한 부족했다. 그나마 회사를 오가며 경기도 일대의 분위기와 환경에 익숙해진 남편은 어렵지 않게 결정을 내리는 듯 보였다. 반면 나는 그러지 못했다. 아무런 연고도 정보도 없는 도시에서 산다는 것이 잘 상상되지 않았다. 제2의 고향을 뒤로 할 자신이 없었다.

그런데 막상 겪어보니 주거지의 변화가 생활에 미치는 영향은 생각보다 미미했다. 주거 환경은 이전보다 나아졌고, 집 앞 정류장에서 광역버스를 타면 한남동까지 곧장 연결되니 서울과의 단절감도 그리 크지 않았다. 무엇보다 강남과 강북의 중간 지점인 한남동은 미팅 장소로도 적당해서 이른바 '서울 서북부 감성'(《출판하는 마음》에서 한 출판 마케터가 서울의 홍대, 합정 일대 등 서북부 지역에 출판사들이 밀집한 현상을 빗대어 표현한 말)과 멀어질 것을 우려한 나의 불안을 금세 불식시켰다. 파주출판도시와 가까우면서 출판사가 모여 있는 마포구는 서울 서북부 감성의 중심이었고, 그 관계망 안에 발을 들이고 있다는 사실만으로 나는 괜한 안도감을 느끼곤 했기 때문이다.

결정적으로 가까운 친구 두 사람이 수시로 성남을 찾아

와 주었다. 알고 보니 나의 새로운 보금자리가 두 친구의 주
요 외근지였던 것이다. 보통의 직장인이 업무상의 이유로 올
만한 지역은 아닌 터라 서로 이게 웬 우연인가 싶었다. 덕분
에 이사를 계기로 나는 그 어느 때보다 자주 두 친구와 만났
다. 먹고사는 이유로 석 달에 한 번 겨우 날짜를 맞추거나, 생
일 같은 특별한 이벤트가 아니고서는 좀처럼 보기 어려웠던
관계에서 일종의 (체감상) 동네 친구로 한 발짝 진일보한 것
이다.

　　그중 나의 첫 번째 방문객 신혜는 지금까지 내가 쓴 책에
가족 다음으로 자주 등장한 인물이다. 한 번은 북아일랜드의
장애인 공동체에서 만난 '코리안 크레이지 걸'로, 다른 한 번
은 여행책방 일단멈춤의 마지막 영업일에 함께 삼겹살 회식
을 한 친구로 등장했다. 신혜는 나의 자발적 1호 팬이기도 하
다. 신간이 나올 때마다 가장 먼저 사인본을 챙겨 주변에 돌리
고, 취미가 독서인 친구와 회사 동료가 있으면 취향 불문 내
책을 선물한다. 본인 말로는 은밀하고 소심하게 홍보한다지
만 남편조차 이토록 장기적으로 애정을 드러낸 적이 없다. 최
근엔 일단멈춤에 와본 적 있다는 회사 과장님과 일대일 팬미
팅을 주선하는가 하면, 신혜의 지인인 얼굴 모를 독자로부터
선물을 전해 받았다. 그러고 보면 내게 신의 가호를 받았다며

보험 상담을 해준 선생님도 신혜의 '엑스' 직장 상사였다.

또 다른 방문객 다영을 알게 된 시점은 정확히 기억나지 않는다. 특별한 계기 없이 관계를 꾸준히 지속해 왔는데 아마도 그건 우리가 공유하는 공통분모 덕분일 테다. 한때 책방을 운영하다 폐업한 경험이 있고(《오늘, 책방을 닫았습니다》의 추천사를 써주었다), 나이가 같으며(아마도 그럴 것이다), 비슷한 시기에 결혼을 했다는 점. 서른을 넘기고 기혼 여성이 되어 사귄 친구와의 대화는 시간 가는 줄 모른다. 우리는 좋았던 카페와 여행지, 팟캐스트 추천 같은 소소한 주제부터 명절을 앞둔 며느리기의 심정, 부동산과 재테크, 커리어 전환에 이르기까지 가장 최신의 고민을 나눈다. 구구절절 맥락을 설명할 필요 없이 바로 본론으로 진입할 수 있는 대화 상대가 가까이 있다는 게 얼마나 다행스러운지. 다영과 만나는 날에는 하루를 통으로 비워도 아쉬움이 남는다.

그럼에도 가끔은, 실은 더 자주, 두 친구에게서 연락이 올 때면 나는 한 템포 망설이게 된다. 커피 마시고 수다 떠는 시간에 한 줄이라도 더 쓰는 편이 낫지 않을까, 그런 생각을 품고서 만남의 효용을 이리저리 저울질하는 것이다. 정작 책상에 앉아 있는 동안 제대로 집중하는 시간은 얼마 되지 않으면서 괜히 불안의 고삐를 바짝 당기는 심보란 뭘까. 아무튼 당장 처리해야 할 마감이 있지 않은 이상 나는 친구와 '커피 마시고 수다 떠는 시간'을 가급적 거절하지 않으려고 한다. 그 사소한 만남이 주는 위로와 응원을 숱하게 느껴왔기 때문에. 인스타그램의 좋아요와 다정한 댓글, 블로그에 등록된 독자 리뷰와는 또 다른, 얼굴을 마주 보았을 때만이 감지할 수 있는 특별한 기운. 나는 그것을 검색되지 않는 마음이라 부른다.

이제는 인정할 수밖에 없다. 나는 내가 생각하는 것 이상으로 성취를 갈구하는 타입이란 걸. 일하는 내가, 일터에서 눈을 반짝이는 내가 좋다. 문제는 에너지의 분산이다. 한 가지 일에 빠지면 그 외 것들에 대한 관심의 전원이 꺼져버린다. 확인하지 않은 메시지가 쌓이고, 주말과 가족의 생일을 잊고, 심지어 나 자신조차 방치해 버리기 일쑤다. 겨우 습관을 들인 스쿼트도, 하루 중 가장 좋아하는 시간인 저녁 산책도 일의 흐름에 방해가 될까 싶어 중단하고 만다. 이렇게 최선을 다한 결과는 때로 형편없고 때로는 만족스럽다. 설령 만족스럽다 하더라도 나와의 싸움에서 승리한 전쟁터는 폐허와 다름없다. 몸과 마음은 지쳐 있고, 주변에 누구도 보이지 않는다.

일 바깥의 나를 소홀히 여기지 않겠다던 다짐을, 고맙게도 두 친구의 반가운 메시지가 수시로 일깨워 준다. 결국 마지막에 남는 것은 글도 명예도 커리어도 아닌 '무엇'이라는 사실 또한. 그런데 아무래도 그 자리에 들어갈 '무엇'의 정체는 친구들과 더 많은 수다를 떨고 난 뒤에야 알 수 있을 듯하다. 물론 더 많은 커피도 함께.

142

◇◇◇◇◇◇◇◇◇
이토록 확실한
연결

어느 때보다 활발히 소모임 인간으로 살고 있다. 책방 운영자일 때조차 독서 모임을 열지 않은 내가 자발적으로 모임의 주최자가 되고 또 참여자로 활동하다니. 이러한 변화에는 몇 번의 계기가 작용했다. 한번은 공동 작업실을 알아보던 무렵이다. 막상 입주하려니 크든 작든 규칙과 책임의 영역에 다시발을 담그는 게 부담스럽고, 사소하게는 끼니를 챙기거나 작업실 비용을 근심하는 상황이 스트레스가 될 것 같아 망설여졌다. 프리랜서로서의 고충을 나누며 서로를 격려해 줄 수 있는 정도의 만남이면 충분할 것 같은데. 결정이 지지부진한 사이 성남으로 이사를 가면서 고민은 잠시 잊혀진 듯했다.

　　하지만 얼마 뒤 친구와의 식사 자리에서 나는 다시 생각이 많아졌다. 딱히 대화에 참여해야겠다는 의지도 없이 방청객처럼 리액션만 날리는 내 모습을 불현듯 발견하면서였다.

혹시 자기 목소리에 화들짝 놀라본 적 있는지. 지금은 말동무삼을 고양이라도 있지만 그전까지는 일하는 동안 입 밖으로 소리 낼 일이 거의 없었다. 처음엔 그 점을 대수롭지 않게 여겼다. 쓸데없이 많은 말을 늘어놓고서 후회하느니 침묵을 택하는 편이 중간은 가니까. 문제는 쓰지 않는 신체 부위가 퇴화하듯 대화의 스킬 또한 점점 퇴보하고 있다는 사실이었다. 그건 곧 내 의견을 소리 높여 표현하는 법을 잊어가고 있다는 의미이기도 했다. 조심조심 단어를 고르며 신중한 입장을 취하는 데 익숙해진 나는 즉각적인 의사 표현에 어려움을 느꼈다.

그렇기에 지인으로부터 글쓰기 모임을 제안받은 뒤 떠올린 모임명이 '염려하지 않는, 글쓰기'인 것은 자연스러운 귀결일지도. 함께 둘러앉은 동안은 아무런 염려 없이, 누구의 평가도 검열도 없이 자유롭게 글을 쓰자는 의미였다. 매주 목요일에 만나는 이 모임의 목적은 시간을 공유하는 것이다. 어느 한 사람이 글쓰기를 가르치거나 서로의 글을 합평하지도 않는다. 그저 보통의 생활인들이 모여 각자의 쓰기 시간을 가지는 게 전부다. 처음에는 딱히 배울 것 없는 흐릿한 목적의 모임에 누가 관심이나 있을까 싶었다. 그런데 무슨 영문인지 인스타그램에 멤버 모집 글을 올리자마자 문의 메시지가 쏟아졌다. 디자이너, 연극배우, 마케터, 교사, 기획자, 전업

주부 등 글을 업으로 삼지 않을 뿐 마음 한편에 이야기가 잔뜩 고여 있는 사람들이었다. 시작할 때만 하더라도 3개월만 시범 운영해 보자던 글쓰기 모임은 어느덧 창립 10개월 차를 맞았다.

　다른 한편에는 '어른들을 위한 그림책 읽기' 수업이 있다. 거실 한가운데 놓인 큼직한 테이블, 그 위에 정갈하게 놓인 티팟과 티푸드 그리고 공간을 둘러싼 수많은 식물. 화룡점점인 검은 고양이까지. 수업 현장을 담은 사진을 보자마자 바로 여기다 싶었다. 하지만 덜컥 신청하기엔 몇 가지 걸림돌이 있었다. 모임 장소인 수원까지 오가는 시간을 고려하면 그날 하루를 오롯이 비워야 했다. 카드 할부가 불가능한 수강료 역시 무시하기 어려웠다. 그럼에도 행동에 옮길 수 있었던 건 알 수 없는 이끌림 때문이라고밖에 말할 수 없다. 그리고 예감은 적중했다.

　수업은 그저 향긋한 홍차를 마시며 우아하게 담소를 나누는 자리가 아니었다. 선뜻 대답할 수 없는 커다란 질문과 대면하는 시간이자 그림책의 용기를 빌려 내 안의 이야기를 슬며시 꺼내보는 시간이었다. 덕분에 수업을 다녀온 날에는 제자리에 앉아 아주 먼 곳을 다녀온 기분이 들곤 했다. 침대에 웅크리고 누워 혼자만의 독서를 즐기던 나는 이제서야 함께 읽고 나누는 기쁨을 이해하게 됐다.

두 모임에서 만난 멤버들은 대개 업계 '밖' 사람들이다. 일하는 분야도 연령대도 제각각이다. 유일한 공통점이라면 성별이 모두 여성이라는 것. 업계 '안'에서 대부분의 관계를 맺어온 나는 모임에서 오가는 이야기들이 늘 흥미진진하다. 특히 각자의 업계에서 통용되는 근무 방식과 일을 바라보는 태도를 전해 듣는 것은 새로운 자극으로 다가왔다. 배울 점이 많았다. 그러고 보면 또 다른 공통점이 있다. 대화를 위한 대화를 위해 사생활을 캐는 질문을 던진다거나, 단톡방에 초대해 곤란에 빠트리지 않는다는 점이다. 글쓰기 모임의 경우 단톡방이 있긴 하지만 공지 사항 전달과 출석 체크 외에는 사담을 나누지 않는다. 부러 규칙을 정한 것도 아닌데 자연히 그런 분위기가 형성됐다. 약속된 시간 동안 우리에게 필요한, 해야 할 이야기만 하는 것으로도 대화가 이토록 풍요로울 수 있다는 사실에 나는 여전히 놀라고 만다.

최근에는 밀레니얼 여성을 위한 커뮤니티 '빌라선샤인'의 멤버십을 신청했다. 일터 밖 동료 그룹과의 연결을 통해 일의 지속 가능성을 높이고 삶의 다양성을 확보한다는 취지가 마음을 울렸다.

아닌 게 아니라 '여자는 여자가 돕는다'는 문구를 부쩍 구체적으로 실감하는 요즘이다. 몇 달 전, 독립출판물을 만들고 판매한 글쓰기 모임 멤버들의 파이팅에 힘입어 나 역시 사이드 프로젝트를 시작했다. 타이틀은 '델마 트립Thelma trip'. 여행지에서 만난 여성들을 담은 사진과 여성의 삶을 다룬 책의 문장, 영화 대사를 짝지어 인스타그램에 아카이빙하는 것이다. 그런데 프로젝트를 시작한 바로 그날 밤, 생각지도 않은 일이 벌어졌다. 델마 트립을 단행본으로 내보자는 제안이 속속 도착하는 게 아닌가. 각각의 발신자는 모두 여성이었다.

믿기지 않았다. 누군가 내 목소리에 응답해 주었다는 사실이, 그로부터 비롯될 앞으로의 무궁무진한 가능성이. 이토록 확실한 연결을 그저 우연이라고 말할 수 있을까. 결코 그렇지 않을 것이다.

◇◇◇◇◇◇◇◇◇
업무 일지를
쓰기로 했다

유튜브를 보며 노션Notion 사용법을 틈틈이 익히고 있다. 업무 생산성을 높이는 데 탁월한 어플이라는 추천에 귀가 솔깃했다. 나는 수시로 메모를 끄적이고 기사를 스크랩하지만 정작 쓸모 있게 활용하지는 못하는 편이다. 정보가 여기저기 흩어져 있어서다. 아이폰에 내장된 메모 어플과 카카오톡 '나와의 채팅', 스케줄러, 트위터와 인스타그램 보관함 등에 마구잡이로 담아두었더니 마치 어질러진 방처럼 어디에 무엇이 있는지 파악하기 어려운 지경이 됐다. 노션은 나처럼 산만한 타입에게 제격인 듯했다. 한 페이지 안에 메모, 스케줄러, 가계부 등 필요한 기능을 커스터마이징할 수 있는 데다 담백한 UI 디자인도 딱 내 스타일이다. 단점이 하나 있다면 첫 진입 장벽이 꽤 높다는 것. 정보화 강의실에 일렬로 앉아 엑셀을 배우던 시절의 답답함이 수시로 치밀었다.

그때마다 흐트러진 자세를 바로 세운 건 잘 쉬고 잘 놀 겠다는 의지였다. 정확히는 불필요한 낭비를 줄이고 여기서 얻은 여분의 시간과 에너지를 일 외의 활동에 쏟겠다는 의지. 25년 만에 다시 피아노 학원을 등록하고, 빵과 스콘을 굽고, 친구와 당일치기 여행을 떠날 수 있도록 독려하는 힘 말이다. 내게 있어 효율은 단시간 내 더 많은 일을 처리하는 것이 아 니라 해야 할 일을 제시간에 끝내는 것에 더 가깝다. 그러기 위해선 기존 방식에 변화가 필요했다. 사소하게는 글 쓰는 데 필요한 정보를 모으고 카테고리화하는 습관까지도. 그리고 또 무엇이 있을까. 순간 트위터에서 대유행(!)한 KMN 작업 법이 스쳤다.

프리랜스 출판 번역가 김명남 님의 이니셜을 딴 이 작업 법은 40분 일하고 20분 쉬는 루틴을 반복한다. 25분 집중하 고 5분간 쉬는 뽀모도로 테크닉의 다른 버전인 셈이다. 무엇 보다 이 작업법을 실천하게 된 김명남 님의 설명이 인상적이 다. 처음에는 매일 일하는 시간을 갖기 위해 시작했으나 이제 는 그 무게 중심이 휴식을 확보하는 데로 옮겨졌다는 것. 스 스로 관리하지 않으면 허리가 부서지도록 의자에 앉아 있고 마는 게 프리랜서 생활이기 때문이다.

속는 셈치고 시도한 결과는 기대 이상이었다. 확실하

게 일하고 확실하게 쉬는 패턴에 익숙해지면서 글 쓰는 동안 SNS를 들여다보는 횟수가 확연히 줄어들었다. 공식적인 딴 짓 시간이 확보된 덕분이다. 무형의 노력을 시간 단위로 계량화한 것 또한 이전에 없던 성취감을 맛보게 했다.

다만 편차가 컸다. 하루는 톡톡히 효과를 보았지만 어느 날은 그야말로 폭망이었다. 이유를 분석해 보니 그날 주어진 일의 성격이 변수였다. 초고를 수정할 땐 뚝심 있게 자리를 지키는 게 가능했지만, 백지 상태에서 글감을 구상해야 할 경우엔 더없이 산만해졌다. 목표와 방향이 확실하게 설정된 상황에 한했던 것이다. 나는 남편에게도 이 작업법을 소개했는데 의외의 피드백이 돌아왔다. 40분은 너무 짧아서 시간을 두 배쯤 늘려야겠다나. 휴식보다는 일에 좀 더 방점이 찍힌 소감이었다. 회의와 스몰 토크가 잦은 회사원의 입장은 프리랜서와 또 다른 모양이다. 그러니 관건은 무조건적인 적용이 아니라 각자에 맞게 작업법을 변주하는 유연함일 테다.

일하는 방식을 궁리하다 보면 바이오리듬, 생활 습관 같은 자신의 기존 정보가 업데이트되는 뜻밖의 경험을 하게 된다. 여태 올빼미형 인간인 줄 알았건만 몇 해에 걸친 자체 실험 결과 아침형 인간임을 깨닫는 순간처럼. 이후 나는 가급적 밤을 새지 않는다. 컨디션이 가장 무르익은 오전 11시에서 오후 5시 사이에 쓴 원고가 자정 녘에 쓴 그것보다 월등하다는 사실이 증명되었기 때문이다. 식곤증이 심해지면서는 아예 점심을 뒤로 미뤘다. 덕분에 더 오래 집중력이 유지되고 피로감도 덜하다. 여느 직장인처럼 식사 시간이 고정되어 있지 않아 가능한 일이다. 그럼에도 졸음이 쏟아질 때는 알람을 맞추고 속 편히 낮잠을 청한다. 몽롱한 상태로 지지부진 앉아 있는 것보다 상쾌한 정신으로 일어나 속도를 내는 편이 훨씬 능률적이다.

　고민이 고민인 줄도 모른 채 괴로워하다 녹다운되는 습성도 혼자 일하면서 발견한 사실이다. 생각을 나누는 동료가 가까이 있을 땐 미처 몰랐다. 그렇기에 소속이 없는 프리랜서는 자신과의 소통이 무엇보다 중요하다. 스스로 묻기 전에는 누구도 먼저 답을 제시해 주지 않을 테니까. 이참에 나는 노션을 활용해 업무 일지를 써보기로 했다. 불만과 어려움을 조목조목 기록하고, 해결책을 모색하게끔 유도한다면 이전처럼 속으로 끙끙 앓는 상황을 최소화할 수 있을 거였다. 정작 회사원일 땐 감시받는 기분이 들어 업무 일지 작성을 못마땅해한 주제에, 팀의 유일한 소속원이자 관리자가 되고서야 그 필요성이 대번 이해가 됐다. 애초의 의도는 감시가 아니라 소통이라는 사실도.

　업무 일지는 기나긴 레이스를 통과하는 데도 도움이 된다. 보통 책 한 권 분량의 원고가 쌓이기까지 1년 남짓한 시간이 걸리는데, 그 과정에서 도무지 어쩔 수 없는 무력감에 휩싸일 때가 있다. 다음 스텝을 척척 밟아가는 사람들 사이에서 나만 영영 제자리인 듯한 기분을 잠재울 수 있는 건 자신을 무턱대고 비난하지 않을 수 있는 최소한의 객관적인 명분이다. 이를테면 업무 일지에 꼼꼼히 기록한 매일의 작업량 같은 것. 혹여 무엇도 쓰지 못하고 허탕 친 날에는 오늘 하루치 최선에 관해 쓰면 그만이다. 소파에 가로누워 읽은 만화책과 우울을 달래준 블루베리 타르트, 간신히 몸을 일으켜 다녀온 저녁 산책 같은 것들에 대해. 그리고 이때만큼은 일의 효율과 낭비에 대해 시시콜콜 따지지 않기로 한다. 그 최선들로 말미암아 결국은 무엇이든 쓰게 되리라 믿기 때문이다.

◇◇◇◇◇◇◇◇

나는
내가 구한다

회사원이 프리랜서의 일상을 궁금해하듯 프리랜서도 프리랜서의 일상이 궁금하다. 처한 환경에 따라 저마다 다르게 일과 생활을 구성하기 때문이다. 그래서 이따금 자신을 프리랜서라 소개하는 이를 만나면 마음 안쪽에 쌓아둔 질문이 쏟아져 내리지 않도록 조심하곤 한다. 나의 궁금증이 자칫 사생활을 캐묻는 무례가 될까 봐. 그런데 고맙게도 이번에는 상대 쪽에서 먼저 운을 떼주었다. 어느 행사 자리에서 만난 시인이 내게 이렇게 물은 것이다.

"보통 몇 시쯤 일어나세요?"

"음… 아마도 9시 반쯤…?"

종종 10시에 깨기도 한다는 말은 차마 하지 못했다. 새벽 3시나 되어야 겨우 잠이 든다는 변명도 구차해서 꿀꺽 삼켰다. 누가 나무란 것도 아닌데 괜히 저 혼자 뜨끔해서. 하지만 이내 돌아온 대답 덕분에 주눅 든 마음이 스르륵 풀어졌다.

"저는 10시에 일어나요."

'암요' 하는 눈빛을 주고받으며 우리는 흐흐흐 웃고 말았다. 내가 묻고 싶었던 질문은 다름 아닌 밥에 관한 것이었다(뼛속 깊이 어쩔 수 없는 한국인일까). 평소 즐겨 먹는 메뉴가 있는지, 집밥과 외식의 비중이 어떻게 되는지, 내적 스승으로 삼은 요리 블로거나 유튜버가 있는지, 설거지는 식사가 끝난 즉시 하는지 따위가 너무도 궁금했다. 이게 다 집에서 삼시 세끼를 해결하느라 그렇다. 더구나 식탐 많은 나는 일어나자마자 '오늘은 뭘 먹을까'부터 고민하는 사람이다. 실은 전날 밤부터다. 침대에 누워 레시피를 찾아보거나 내친 김에 내일 먹을 음식을 미리 만들어버리기도 한다. 그렇게 끓이고 볶고 삶다 보면 어느새 자정이 훌쩍 지나 있다.

기본적으로 요리를 좋아하지만 무엇보다 한나절 열심히 일한 자신에게 맛있는 음식을 대접하는 것이 기쁘다. 나는 내가 구한다는 일념으로 부지런히 먹이고 기운을 불어넣는다. 이것은 오랜 자취 경험 끝에 터득한 일종의 생존 지침이기도 하다. 내학교 때 소규모 프로젝트 수업에서 만난 교수님은 학생들을 근사한 레스토랑에 데려가곤 했다. 대충 밥을 때우는 것처럼 싫은 게 없다는 말을 입버릇처럼 하던 분이었다.

사실 저 때는 그 말을 학생들의 불규칙한 식습관을 염려하는 잔소리쯤으로 흘려들었다. 체력이 곧 인성이며 자기 자신을 지키는 든든한 무기가 될 수 있다는 사실을 깨닫기엔 지나치게 혈기 왕성한 시기였으니까. 당시 교수님은 내 주변에서 극히 보기 드문 40대 싱글 여성이었다.

　매 끼니를 챙겨 먹는 일에 스트레스가 없는 것은 아니다. 요리를 향한 애정과 무관하게 한결같이 피곤하고 성가신 공간이 바로 부엌이다. 그날의 컨디션과 기분에 어울리는 음식을 정하고, 무형의 아이디어를 접시에 올리는 데까지 어마어마한 에너지가 소모된다. 냉장고에 신선한 식재료가 늘 구비되어 있도록 관리해야 하는 건 또 어떻고. 여기에 뒷정리까지 할라치면 어이쿠 소리가 절로 나온다. 이쯤 되면 책상 앞으로 복귀할 의지는 바닥난 상태. 마감이 닥쳤을 때 식사를 포기하고 마는 상황이 이제는 퍽 자연스러울 정도다.

　지난 3년간 체중이 5~6킬로그램씩 오르내리기를 반복했다. 대개 이런 식이다. 눈코 뜰 새 없이 바빠지면서 체력이 서서히 고갈되기 시작한다. 이때 가장 먼저 무너지는 것은 식습관이다. 시리얼과 과자로 대충 허기를 달래다가 새벽녘 야식 파티를 벌인 뒤 소화가 채 되기도 전에 지쳐 잠드는 생활이 반복된다. 그러다 불현듯 정신을 차린다. 하루 세 번 설사를 하고 이마에 좁쌀 여드름이 퍼질 즈음, 이전보다 유난스러워진 생리통에 고통스러워하다가 책장에 꽂힌 요리책을 꺼내 드는 것이다.

엉망인 생활을 바로잡을 때 나는 냉장고부터 살핀다. 방치된 냉장고 안은 이미 도처에 피로와 무력감이 퍼져 있다는 증거. 계절이 뒤섞인 옷장과 잎사귀 끝이 바짝 마른 화분도 그중 일부다.

하루는 오밤중에 채수 끓이기에 나섰다. 조용한 부엌에서 파 뿌리에 묻은 흙을 꼼꼼히 씻고, 텀벙텀벙 무를 썰고, 울면서 양파 껍질을 깠다. 그런 다음 1년에 한두 번 쓸까 한 커다란 양수 냄비를 꺼내 손질한 채소를 쏟아부었다. 마침 친구가 소분해 준 백령도산 다시마도 있길래 함께 넣었다. 이제 냄비를 중불에 올릴 차례. 그런데 무작정 끓이기만 해선 안 되고, 채수가 끓어오를 때마다 일정량의 물을 보충해야 한다. 이 과정을 두 번 더 반복한다. 그런 뒤 약불로 줄여 30분 동안 우려내면 마침내 완성.

채수를 만드는 과정은 특별한 솜씨나 요령을 필요로 하지 않는다. 그저 참을성 있게 기다리면 될 뿐이다. 이렇게 완성한 채수는 여기저기 쓸모가 많다. 채수를 베이스로 찌개와

국을 끓여도 좋고 수프나 스튜 같은 서양식 요리에도 활용할 수 있다. 어떤 재료든 넣고 끓이기만 하면 근사한 맛이 나올 거라는 기대가 든다. 바로 그 때문일 것이다. 야심한 밤에 이 토록 호들갑을 떤 건. 채수를 끓이는 동안 어쩐지 나는 내 생활이 좋은 방향으로 흘러가리라 생각했다. 무엇도 할 수 없는 기분에서 적어도 한 끼 식사를 차려낼 기운을 얻었다. 텅 빈 냉장고에 채수 한 병을 갖춰둔 것만으로 그런 일이 벌어졌다.

때로는 식사에 큰 의미를 두지 않는, 그저 허기를 잠재울 정도면 된다고 여기는 사람으로 살고 싶기도 하다. 하지만 나는 어쩔 수 없이 나라서, 기어이 밥에 집착한다. 그리고 매일 고민한다. 오늘은 뭘 먹을까. 아시다시피 이건 아주 좋은 징조다. 얼마 전에는 내가 집을 비운 사이 친구 다영이 우리집 현관에 아스파라거스 한 봉지를 걸어두고 갔다. 밭농사를 짓는 아빠는 감자에 이어 고구마 한 박스를 택배로 올려 보냈다. 나는 그것을 작은 박스에 소분해 혼자 사는 친구와 나눠 가졌다. 다름 아닌 밥심으로 서로를 응원하고 도닥일 수 있다고 믿는 건, 역시나 너무 한국적인 마인드일까. 전화 통화 말미마다 굶고 다니지 말라는 엄마의 14년째 당부를 그래서 흘려들을 수가 없다.

◇◇◇◇◇◇◇◇
직업
탐구 생활

여행작가의 낭만과 현실에 대한 인터뷰를 요청받았다. 스스로 여행작가의 정체성을 가지고 있는 건 아니라서 인터뷰는 거절했지만 할 말이 아주 없었던 것은 아니다. 지난 몇 년간 옆에서 보고 듣고 경험한바 여행작가야말로 하소연 많은 직업이라 생각해 왔기 때문이다. 대표적으로 "여행하며 돈도 벌고"라는 인식이 그렇다(자매품으로 "넌 좋아하는 일 하며 자유롭게 살잖니"가 있다). 자신의 여행 경험을 팔아 수익을 얻는다는 점에서 그 말은 사실일지도 모른다. 하지만 실상은 꽤 팍팍하다.

　　보통 여행작가로 통칭되는 가이드북 저자는 취재(일단 여기서부터 '여행'이 아니다)에 필요한 경비를 자부담한다. 취재비 일부를 지원받는 케이스도 있지만 저자가 체감하는 경제적 부담은 여전하다. 일단 출간 전까지는 마이너스를 짊어

162

질 수밖에 없는 데다 책이 무사히 나왔다 하더라도 인세 수입이 그간의 지출을 메꾸지 못할 가능성도 있다. 여기에 제작 기간도 만만치 않다. 방대한 내용을 담다 보니 취재만 2~3년씩 걸리는가 하면, 정보 업데이트를 위해 해당 지역을 두세 번씩 재방문하는 일도 다반사다. 시간이 돈이라면 여행작가는 손해 보는 장사를 자처하고 있는 셈이다.

현장에서는 또 어떤가. 여행자가 나의 '호'에 맞춰 일정을 짠다면 가이드북 저자는 개인적인 '불호'를 감수하며 일정을 소화해야 한다. 그렇게 아침부터 밤까지 촘촘한 스케줄을 소화한 뒤 녹초가 되어 돌아온 숙소는 차라리 임시 사무실이라 부르는 편이 적당해 보인다. 자료를 백업하고 내일 일정을 정리하기 전까진 맘 편히 발 뻗고 잘 수가 없다.

나는 딱 한 번 가이드북을 써봤다. 일반적인 가이드북 분량의 3분의 1 수준이었음에도 취재를 끝내자마자 사흘을 앓아누웠다. 간신히 붙들고 있던 몸과 마음의 긴장이 한국 땅을 밟자마자 탁 풀린 것이다. 놓친 정보는 없는지 종일 안테나를 예민하게 세워야 하는 상황도 괴로웠지만 가장 고역은 끊임없이 무언가를 먹어야 하는 것이었다. 도무지 흥이 나지 않는 음식을, 혼자서, 게다가 내 돈 주고 먹으려니 세상 그런 스트레스가 없었다. 그야말로 꾸역꾸역의 나날이었다.

사실 이런 하소연을 공개적으로 털어놓기란 어렵다. 어느 직업이든 그만의 애로 사항이 있기 마련이니까. 어리광은 사절이다. 하지만 객관적인 지표와 냉철한 시선만으로는 당사자만이 감지하는 복잡 미묘한 직업의 세계를 설명하는 데 한계가 있다. 사실 사람들이 궁금해하는 진짜 이야기 역시 그 너머에 있기도 하고. 한편으론《직업으로서의 음악가》에서 싱어송라이터 김목인이 쓴 이야기처럼 "일이란 자신에겐 뚜렷하지만 남들에게는 한없이 모호하기 때문"에 오해가 생기기도 한다. 외부에 잘 드러나지 않거나 과거에 없던 새로운 직업이 그렇다. 나 역시 미디어에서 덧씌운 낭만적인 책방 주인의 이미지와 실제 사이의 간극에 피로를 느끼곤 했다. 하지만 적극적으로 대응하진 않았다. 그러한 이미지를 일종의 홍보 수단으로 활용한 것 또한 사실이기 때문이다.

지금도 나는 가족과 친구 그 밖의 사람들에게 다양한 이미지로 존재한다. 아직 제 앞가림 못 하는 철부지 반백수로 때로는 진정한 욜로족으로. 정답은 없다. 나조차도 상황과 상대에 따라 내 정체를 다르게 설명하는 데 익숙해졌다. 그나마 요즘은 유튜브 크리에이터들의 왕성한 활동 덕분에 프리랜서에 대한 이해도가 덩달아 높아진 듯하다. 비단 프리랜서만이 아니라 커리어에 관한 정보의 양과 질이 예전과 비교할 수 없는 수준이다. 소셜 미디어의 개인 채널을 통해 실시간 경험담이 가감 없이 공유되면서 자신이 살아보지 못한 '만일의 인생'을 엿볼 수 있게 됐다. 나만 하더라도 전현직 항공사 승무원, 호주에서 파티셰로 일하는 여성 이민자, 프리랜스 번역가, 1인 브랜드를 운영하는 일러스트레이터의 유튜브 채널을 구독 중이다.

출판 관련 채널도 빼놓을 수 없다. 특히 편집자나 마케터가 전면에 나선 영상은 놓치지 않고 챙겨 보는 편이다. 책이라는 공통분모만으로도 이미 호감인 데다, (자의든 타의든) 공개적으로 자신을 드러내는 것이 결코 쉽지 않은 일임을 생각하면 미약하나마 조회수에 보탬이 되고 싶다. 판권면에서나 보았던 이름들을 구체적인 얼굴과 목소리로 만나는 경험 역시 이전에 없던 특별함이다.

무엇보다 이건 내게도 좋은 일이다. 업계 동료의 생각과 고민을 한층 더 이해할 수 있는 기회가 되기 때문이다. 하물며 출판사 취업을 준비하는 이들에게 현장의 목소리는 그 자체로 비빌 언덕이 되지 않을까. 10년 전만 하더라도 방송, 출판 쪽 정보를 얻을 수 있는 창구가 한정적이었다. 먼저 업계로 진출한 학교 선배나 지인, 인터넷에 떠도는 카더라 통신,

관련 교육 기관 정도가 전부였고, 서울에 아무런 연고가 없던 나 역시 온라인 방송 아카데미를 수강하며 어떻게든 업계 소식을 접하려 애쓰곤 했다. 그땐 썩은 동아줄마저도 절실했다.

다양하고 구체적인 타인의 이야기는 그래서 중요하다. 바라건대 이 책도 그러했으면 좋겠다. 수많은 참고 사항의 하나로서 내 경험이 회사 바깥의 삶을 고민하는 누군가에게 도움이 되길 빌어본다. 다만 어떤 태도는 경계하고 싶다. 업계 현실을 적나라하게 보여주겠다는 솔직함이 '이래도 할 거야?' 식의 겁주기로 둔갑하지 않도록. 시스템의 부재와 문제를 지적하며 고충을 토로하는 것과 애정 없는 마구잡이 비난은 분명 다를 것이기 때문이다. 그리고 이 자리에 먼저 도착한 이상 기왕이면, 프리랜서의 보람과 재미에 대해 좀 더 힘주어 말하는 편이 스스로도 덜 비참하지 않을까. 그러는 당신은 어째서 떠나지 못했냐는 질문에 당황하지 않으려면 말이다.

어쩌면 약간의 낭만적 서사를 덧붙이는 것도 그리 나쁘지 않겠다는 생각이 든다. 실은 나야말로 그 낭만을 좇아 기어이 여기까지 온 사람이니까. 하긴 어떤 조언을 늘어놓든 결국 할 사람은 하고 말더라.

◇◇◇◇◇◇◇◇

어느 영업 사원의
오후

망원동으로 외근을 나왔다. 미팅 하기로 한 출판사가 마침 이쪽 동네길래, 겸사겸사 친구와 저녁을 먹고 언젠가 가보겠노라 염두에 둔 카페와 상점도 들를 생각이었다. 막상 그때가 되어서는 피곤하다며 집으로 발길을 돌릴지도 모를 일이지만 사실 가고 안 가고는 그리 중요하지 않다. 아끼는 장소를 언제든 떠올릴 수 있는 사람으로 사는 것이 그저 좋을 뿐이니까. 평소 이곳저곳을 리스트업해 두면 뜻밖의 변수에도 의연히 대처할 수 있다. 변덕스러운 가을 날씨에 맞춰 점심 메뉴를 카레 정식에서 칼국수로 바꾼다든가, 길에서 옛 직장 동료를 마주치는 상황 같은. 어떤 우연도 기꺼이 맞이할 준비가 되어 있다.

다만 문제는 집 밖을 나설 구실이 그리 많지 않다는 것. 때문에 이번처럼 외부 미팅이라도 잡히면 스케줄을 무리해서 짜게 된다. 한동안 칩거 생활이라도 한 사람인 양 몇 주째 미룬 주민등록증 재발급 신청을 하고 미용실도 다녀오는 식이다. '언제 한번 밥이나 먹자'의 그 언제도 바로 이날이다.

오늘은 망원동으로 가는 도중 일정이 하나 더 추가됐다. 좋아하는 작가의 그림책 원화 전시가 약속 장소 근처임을 달리는 지하철에서 알게 된 것이다. 미팅까지 남은 시간은 대략 30분. 길을 헤매지 않고 빠른 걸음으로 움직인다면 잠깐이나마 전시를 볼 수 있지 않을까 싶었다.

그림은 일상에 지친 '나'가 고요한 장소를 찾아 떠나는 작은 여행을 담고 있었다. 숲이 된 책 더미와 심술궂은 고양이 산을 너머 도착한 그곳에는 하늘과 들판, 무해한 눈빛의 말이 기다리고 있다. 제대로 왔구나, 너도 그리고 나도. 뭉클해지려는 찰나 번뜩 놀라 휴대폰을 확인해 보니 약속까지 15분도 채 남아 있지 않았다. 그대로 허겁지겁 전시장을 빠져나와 마을버스에 올라탔다.

그런데 생각지 못한 변수가 생겼다. 만나기로 한 카페 앞까지 왔을 즈음 조금 늦겠다는 메시지가 도착한 것이다. 코를 훌쩍이며, 문장 끝에 웃는 이모티콘을 넣을까 말까 고민하다 우선은 저쪽도 좌불안석이겠다 싶어 근처 서점에 있을 테니 다시 연락 달라 답장을 보냈다. 카페에 멀뚱멀뚱 앉아 자신을 기다리는 상대를 떠올리는 것만큼 괴로운 일도 없을 테니까. 하지만 서점이라면 마음이 한결 편해진다. 그건 어떻게든 시간을 보내야 하는 내 쪽도 마찬가지이고. 마침 근처에 책방 '그렇게 책이 된다'가 있어 차라리 잘됐다 싶었다. 책방 주인인 유리 씨의 안부도 물을 겸 점찍어 둔 신간도 살 겸 전시에서 미처 소화하지 못한 뭉클함을 천천히 되새길 겸. 이쯤 되면 만사를 겸사겸사의 태도로 즐기고 있다 해도 좋겠다.

출판사 편집자와는 구면이었다. 가볍게 목례를 나눈 우리는 곧장 카운터로 향했다. 무얼 마시겠냐는 질문에 지체 없이 대답한 뒤 나는 슬며시 반 발짝 뒤로 물러섰다. 그래도 이제는 꽤 자연스럽다. 예전에는 출판사와의 미팅 자리에서 음료를 주문할 때마다 어쩔 줄을 몰랐다. 평소처럼 더치페이를 제안하기도, 당연하다는 듯 출판사 쪽에서 결제를 마치길 얌전히 기다리는 것도 민망한 일이었다. 대개는 계산대 앞에서 주머니 속 카드 지갑을 만지작거리며 상황을 주시했다. 적당한 타이밍을 노리고 있다가 내가 먼저 잽싸게 카드를 내민 적도 있었다. 신기하게도 그때마다 단 한 번도 빠짐없이 똑같은 상황이 펼쳐졌다.

"아니, 넣어두세요! 법카로 결제할 거예요."

그러면서 덧붙이는 말이 "뭐라도 더 시키시죠"였다.

이날 자리는 내가 쓴 추천사가 실린, 출판사의 신간을 직접 건네받기 위해서였다. 이런저런 근황을 공유한 뒤 대화는 자연히 요즘 쓰고 있는 책, 앞으로 쓰고 싶은 책에 관한 화제로 옮겨 갔다. 예상대로다.

약속이 정해진 이후 나는 조금 애가 탔었다. 잘 짜인 기획안은 무리더라도 무언가 할 말이 있어야 하지 않을까. 미팅의 목적은 따로 있는데 저 혼자 김칫국을 들이마시며 메모장을 뒤적거렸다. 제가 요즘 이런 주제에 꽂혀 있는데요, 책이될 만한 소재인지는 아직 잘 모르겠지만 한번 굴려보려고요. 내심 이 출판사와, 이 편집자와 함께 작업을 한다면 어떨까 혼자 상상의 나래를 펼쳤다. 그러다 마음이 걷잡을 수 없이 커지면 욕심이란 게 생기고, 상대에게 내 존재를 각인시키려 안달이 난다. 출판사의 연락을 받았을 때 책을 택배로 받을까 망설인 것도 그런 이유였다.

미팅에 임하는 나의 마음가짐은 영업 사원에 가깝다. 맞은편 상대에게 상품의 장점과 효용을 똑소리 나게 전달하면서도 결코 장사꾼처럼 보이지 않게끔 처세하는, 요령 좋은 영업 사원. 하지만 현실에서의 나는 그리 여유롭지 못하다. 목소리에 긴장이 잔뜩 묻어나고 당황한 만큼 손짓도 점점 바빠진다. 그렇게 한참을 중언부언한 뒤 집으로 돌아온 날에는 불길한 생각이 사방으로 뻗쳐 나갔다. 이대로 가다가는 영업 실적이 형편없을 게 뻔할 텐데!

압박에 시달릴 때마다 떠올리는 장면이 있다. 어떤 입장에 자처해 서 있는 자신에게 다가가 손을 꼭 잡아주는 모습이다. 무언가 귀띔이라도 하려는 듯이. 나는 내게 무슨 말을 하고 싶었던 것일까.

깐깐하고 불편한 고객인 양 묘사했지만, 사실 지금까지 미팅에서 만난 모든 편집자는 하나같이 깍듯한 말투와 사려 깊은 태도를 지니고 있었다. 단지 내가 작가라는 이유로 그러한 대접을 받는 게 황송할 정도였다. 나의 작가 이력을 샅샅이 훑고 기억해 주는 편집자, 재밌게 읽었다며 가방에서 책을 꺼내 사인을 요청하는 편집자, 기획안을 내밀며 자신감을 드러내는 편집자 그리고 나보다 더 수줍은 얼굴로 오늘을 손꼽아 기다렸다 말하는 편집자까지. 표현 방식만 다를 뿐 믿을 수 없을 만큼의 호감을 보여주었고, 때로는 이 자리에 나오기까지의 어떤 각오가 느껴지기도 했다. 그제서야 나는 어깨에 힘을 풀고서 이 어색한 만남의 이유를 상기하곤 했다. 우리가 함께 근사한 무언가를 만들어보려고 하는구나. 어쩌면 굉장한 일이 일어날지도 모르겠구나. 그 순간 나는 소심한 영업 사원에서 벗어나 무엇이든 해낼 수 있을 것 같은 마음이 되고 만다.

　　그래서 그날 망원동 미팅에서 무슨 일이 벌어졌는가 하면, 사실 별다른 진전은 없었다. 애초에 얻기 위한 만남이 아니었으니 실망할 것도 없다. 그럼에도 한 가지 사실만은 또렷이 확인하고 돌아왔다. 만날 사람은 어떻게든 만나고, 시간은 나를 결코 배신하지 않으리라는 다소 고리타분한 믿음을. 그리고 그건 언젠가 나에게 귀띔해 주고 싶었던 말이기도 하다.

통장 잔고의
적정 금액

'

통장에 얼마쯤 돈이 있어야 비로소 안심할 수 있을까. 한 달, 1년 단위로 정한 목표 수입을 달성하면 당분간 일을 하지 않는다던 프리랜서를 만난 적 있다. 생각만큼 큰 액수는 아니었다. 한 달간 알뜰하게 유럽 여행을 다녀올 수 있을 정도의 금액. 동남아라면 좀 더 오래 버텨볼 수도 있겠다. 그때 이야기를 들으며 내가 떠올린 액수는 500만 원이었다. 물론 이것은 기본적인 의식주가 해결된 상태를 전제로 한다. 그러니까 500만 원은, 내가 원한다면 당장이라도 일을 쉴 수 있음을 상기시켜주는 일종의 위로금 같은 것이다. 현실은 '일단 멈'출 가능성을 상상할 수 있을 때 좀 더 버틸 만해진다.

그러고 보면 책방을 오픈한 직후의 통장 잔액 역시 대략 500만 원이었다. 만약 손님이 없더라도 반년간의 월세와 공과금을 감당할 수 있을 만큼의 금액. 마음껏 꿈을 펼치기엔 터무니없이 적은 돈이지만 적어도 하고 싶지 않은 일을 두고 고민해 볼 수 있는 최소한의 자유를 얻었다. 커피를 팔지 않고(내가 감당할 자신이 없었다), 눈에 띄는 자리에 베스트셀러를 진열하지 않을 배짱 말이다.

퇴사와 창업 관련한 조언을 들어보면 6개월 내지 1년 치 생활비가 확보된 다음 실행에 옮기라는 이야기가 빠지지 않는다. 나 또한 비슷한 요지의 말을 자주 했다. 내가 나를 잃지 않은 채 무언가를 결정하고 행동할 수 있는 힘은 전적으로 통장에서 비롯되었기 때문이다. 실업급여도 마찬가지다. 생활비에 쫓겨 그럭저럭 나쁘지 않은 직장에 덜컥 재취업한 뒤 '내가 이러려고 퇴사했나' 후회하는 사태를 방지해 준다. 더불어 재충전의 시간과 다음을 모색할 기회를 가질 수도 있다. J. K. 롤링이 실업수당과 자녀양육비를 받으며 《해리포터와 마법사의 돌》을 쓰기 시작했다는 일화는 너무도 유명하다.

올해 나는, 적어도 내 기준에서, 꽤 많은 지출을 했다. 각종 강연과 모임에 참여하느라, 커뮤니티 서비스에 가입하고 사람을 만나느라 모아둔 비상금이 반토막 났다. 허투루 썼다고는 생각하지 않는다. 고립되어 있던 나를 세상 바깥으로 데리고 나오는 데 필요한 비용이었으니까. 그런데 이렇게 돈을 쓰기까지 꼬박 1년을 갈등했다. 지금도 나는 결제 버튼을 누를 때마다 일말의 죄책감을 느끼곤 한다. 프리랜서로 번 수입보다 씀씀이가 크다는 사실에, 더구나 그 지출이 일종의 취미 활동처럼 여겨질 때마다 분수에 맞지 않은 허영을 부린다는 생각에 사로잡힌다.

내일배움카드 발급이 기뻤던 건 무료로 교육을 받을 수 있기 때문만은 아니었다. 나는 제과제빵을 제대로 배워보고 싶었다. 비건 베이킹을 공부하기 앞서 기초가 필요하다 생각했고, 나아가 베이킹을 내 미래와 연결 지을 수 있을지 확인해 보고 싶기도 했다. 혹여 재능이 없다는 사실을 발견한다면 그 또한 나름의 수확일 테고. 하지만 그 모든 기회비용을 선뜻 지불하기엔 망설임이 앞섰다. 비단 통장 잔고의 문제만은 아니었다. 당장의 지출로 인해 생활이 흔들리진 않겠지만 언제라도 그럴 가능성이 일어날 수 있다는 일말의 공포. 오랜 시간 내면화된 그 불안에 나는 어김없이 흔들렸다. 그러던 중 발급받은 내일배움카드는 인생을 계획해 볼 기회를 제공해 준 셈이다.

"아동, 노인을 포함한 모든 개인에게 2021년부터 월 30만 원의 기본소득 지급이 가능하다."

LAB2050의 국민기본소득제 연구 결과 발표회를 다룬 기사였다. 기본소득은 국가가 전 사회 구성원에게 무조건적으로 동일한 금액을 지급하는 소득을 말한다. 기존의 사회 서비스와 달리 기본소득은 자신의 가난과 노동 능력을 증명할 필요가 없다. 또한 가족 단위 중심에서 벗어나 1인 가구, 여성, 아동, 청소년 등 각 개인에게 정기적으로 현금이 전달된다. 그런데 기본소득에 대한 논의가 이뤄질 때마다 빠짐없이 나오는 반응이 있다. 그렇게 나랏돈을 퍼주면 나태해지지 않겠냐는 것.

우리는 왜 일을 할까. 번뜩 떠오르는, 가장 쉬운 대답은 먹고살기 위해서다. 먹고살기 위해 적성에 맞지 않는 직업을 선택하고 원하지 않는 일을 참고 견딘다. 정말로 꿈꿔왔던 일은 따로 있지만 주어진 환경 안에서 내린 최선의 선택이 지금의 결과라고 스스로를 위안하면서. 물론 운이 좋다면 약간의 보람도 얻을 수 있을 것이다. 그런데 만약 먹고살 만해진 상황이라면 어떨까. 우리는 주저 없이 일하지 않기를 선택하게 될까. 매달 현금으로 지급되는 기본소득으로 베짱이처럼 살기를 원할까. 어쩌면 당분간은 그럴 것이다. 누가 자처해서 일개미가 되길 바라겠는가.

하지만 시간이 흐르고 온몸이 근질근질해질 즈음, 자발

적으로 일을 찾고 있는 자신을 발견하게 될지도 모른다. 대신 이때의 일은 이전과 다르다. 나의 가치관에 부합하는 일, 재능을 발현할 수 있는 일, 아무런 목적 없이 그저 재밌는 일, 공공의 행복을 추구하는 일 그리고 돈이 되지 않는 일. 우리는 생계를 위해 일하지만 동시에 일을 통해 자아실현을 바라는 존재여서 늘 갈등에 놓인다. 안정적인 지위와 연봉에 만족하지 못해 퇴사를 고민하고, 업무에 자신을 갈아 넣는 중에도 어떻게든 취미를 찾고 사이드 프로젝트를 추진하는 건 결국 먹고사는 게 전부일 리 없기 때문이다.

문득 이런 생각도 든다. 먹고살 만한 사람이 많을수록 프리랜서의 비율도 나란히 증가하지 않을까. 그리고 아마 그 프리랜서들은 지금의 나보다 더 '프리'한 삶을 쟁취하고 있지 않을까 하는. 그건 비로소 안심하는 삶, 다시 말해 실패를 두려워하지 않을 수 있는 삶이다.

나는 종종 '기본소득을 지지하는 사람은 자신이 원하는 것이 무엇인지 아는 사람'이라는 표현을 쓰는데, 저 질문을 통해 자신이 구체적으로 원하는 것이 무엇인지, 그를 위해서 사회는 어떤 모습이어야 하는지, 새로운 돌봄, 새로운 노동과 일, 새로운 ○○은 무슨 모양인지 사유할 수 있게 되기 때문이다. 기본소득에 대한 상상은 보통 나 자신에게서 시작되고, 내가 원하는 것을 말할 수 있게 하는 힘과 그것이 주는 자유, 그리고 그 바탕에서 타인, 사회와 연결되어 연대할 수 있는 가능성을 가져다준다.

〈기본소득과 페미니즘, 페미니즘과 기본소득〉,《기본소득 말하기 다시 기본소득 말하기》, 한주연 외 4인, 만일

에필로그 ————
업계의
비밀

화장실을 안심하며 쓸 수 있다는 이유로, 나는 집에서 일하는 걸 선호한다. 우리 집에서 가장 가까운 거리의 스타벅스 화장실에는 돌돌 꼰 휴지로 막은 구멍이 수십 개나 된다. 그러니 안전하고 믿을 만한 단골 카페를 알고 있다는 건 프리랜서에게 큰 행운일지도 모른다.

재택근무에 익숙해진 지금은 어지간해선 밖을 나가지 않는다. 딱 필요한 만큼의 사교와 소비 활동으로 일과가 굴러간다. 감히, 더할 나위 없다고 말할 수 있는 요즘. 이러한 생활이 내 발목을 잡을 줄은 꿈에도 몰랐다. 프리랜서의 일상이 담긴 책을 쓰기로 덜컥 계약은 했는데, 막상 시작하려고 보니 아무런 할 말이 없었던 것이다. '기상-살림-일-살림-취침'으로 반복되는 매일은 A4 용지 한 장 분량으로도 충분히 요약 가능해 보였다. 동시에 어딘가 떳떳하지 않은 기분 또한 진도를 나가는 데 방해가 됐다. 보다 유능하고 인지도 높은 프리랜서야말로 책의 적임자가 아닌가 하는 걱정. 그렇게 어리석은 상념에 잠길 때마다 내게 기획을 제안한 편집자와, 편집자의 출판사 동료들과, 그 모두를 에워싼 믿음을 떠올리려 애썼다. 이 믿음엔 의심의 여지가 없다. 그리고 어떤 목소리들. 원고를 쓰는 1년 동안 세상 밖으로 터져 나온 수많은 목소리가 내게 질문을 던져주었다. 무엇이 나를 망설이고 움츠리게 만드는지, 어째서 때때로 발작하듯 화가 나는지, 그럼에도 불구하고 포기할 수 없는 긍정의 힘은 어디에서 오는지 계속해서 물어왔다. 저 질문들이 아니었다면 여전히 목차조차 짜지 못했을 것이다. 결코 간단히 답할 수 없는 물음 덕분에 여기까지 왔다.

그 어느 때보다 강렬하게 세상과 연결되어 있음을 느낀다. 조직 바깥으로 나왔다고 해서 당장 외톨이가 되는 일은 벌어지지 않았다. 아이러니하게도 프리랜서가 되고 나서야 비로소 타인과 함께 일하고, 공존하는 법을 배울 수 있게 됐다.

문득 궁금해진다. 어째서 아무도 이런 이야기를 내게 들려주지 않았을까. 설마 업계 비밀은 아니겠지.

프리랜서 인터뷰 1
프리랜서 인터뷰 2

프리랜서
인터뷰
1

"우리가 우주 조종사도
아닌데 말이야"

13년 차 프리랜서, 예능 방송작가 C

어느덧 경력 13년 차예요. 선배와 제가 한 팀에서 막내 작가로 일했을 당시의 메인 작가가 아직 현업에서 뛰고 있다는 이야기도 놀라웠고요.

방송 일 시작할 때만 해도 이 정도 연차가 될 줄은 생각도 못했어. 자기 대본을 쓰는 코너 작가로 입봉한 다음 어느 정도 경력을 이어나가겠거니 짐작은 했지만. 노동 강도가 워낙 세잖아. 드라마 작가가 되겠다는 다른 목표도 있었고. 일하다 보니 어느새 이만큼 경력이 쌓인 거지. 근근이 버텼던 것 같아. 나와 달리 사람 만나는 거 좋아하고, 일로 스트레스를 푸는 선배 언니들은 방송이 천직이라 저렇게 오래 일할 수 있는 게 아닐까 싶은 생각도 했고.

하다 보니 연차가 쌓였다는 게 오히려 신기해요. 선배 말대로 천직도

아닌데. 기복 없이 한 가지 일을 꾸준히 해나가는 비결이 있을까요?

이 일에 맞게끔 내가 다듬어진 게 아닐까. 시간이 흐르면서 최적화된 느낌이야. 내가 막내였을 때 만난 언니들과도 다시 이야기해 보면 마냥 천직이라고 생각하지는 않는 것 같아. 그런 사람은 아주 소수일 테고. 나랑 비슷한 연차의 작가들 중에서도 작정하고 이 시점까지 온 사람은 드문 듯해. 방송을 오래 해온 언니들을 보면 명쾌하고 단선적인 성격인 것 같긴 하더라. 내 경우엔 한 직장에서 10년을 쭉 근무한 게 아니라 7개월, 1년씩 프로그램 단위로 일한 게 도움이 됐어. 에너지 순환이 되거든.

새삼 느낀 건데, 방송작가끼리 쓰는 '언니'라는 호칭만 봐도 정말 특이하고 특수한 집단이라는 생각이 들어요. 직급은 없지만 서열은 분명하잖아요. 예전에 일했던 팀에서도 서열대로 쭉 앉아 있던 모습이 강렬하게 남아 있어요.

지금도 그래, 변하지 않았어. 체계가 있고 규모가 있는 팀일수록 더 그렇지. 보통 한 팀당 7~11명 정도로 작가군을 꾸려. 여기에 메인 작가와 코너 작가, 막내 작가가 필수로 포함되지.

새 프로그램의 팀은 어떻게 만들어져요?

이쪽은 인맥 사회라고 보면 돼. 우선 메인 작가 언니가 뜻이 맞는 서브 작가 한두 명을 둔 다음 팀을 짜기 시작해. 함께 일해본 적 있는 작가를 접촉하거나 동료 작가의 추천을 받는 거지. 막내 작가나 급하게 인력이 필요한 경우에는 면접을 보기도 하고. 하지만 대부분은 믿을 만한 사람의 추천에 의지하는 편이야. 10년 차 이상이면 경력 검증 후 인사 정도만 하고 바로 일에 투입이 돼. (**경력이 없는 막내 작가는요?**) 방송작가 아카데미를 통해서 이력서를 받지. 오디션 프로그램 같은 경우엔 인턴을 뽑기도 해. 막내 작가 일이 워낙 많으니 아르바이트를 쓰는 건데 그러다 일 잘하고 똘똘하면 정식으로 작가가 되기도 하고.

이제는 소개하는 역할을 주로 맡겠어요. 어떤 동료 작가를 추천하게 돼요?

작가의 연차와 경력이 특히 중요해. 만약 야외 버라이어티 프로인데 관련 경험이 없으면 추천하기가 어렵지. 능력 있고 연차 높은 작가를 많이 뽑고 싶어도 그럴 수가 없는 게, 팀 재정에 맞춰 메인 작가와 피디가 사전에 페이 협상을 하거든. 이때 각 연차에 따른 금액을 정하게 돼. 원하는 연차의 적절한 경력, 함께 일해본 경험의 조합이 1순위 추천 대상이야.

13년 차쯤 되면 프로그램 제안을 거절하기도 하죠? 기준도 생겼을 것 같아요.

내가 재밌어야 해. 일이 고된데 즐길 거리나 관심 있는 포인트가 없으면 지옥이거든. 출퇴근 시간이 딱히 정해져 있지 않은 환경에서 종일 출연진 미팅 하고, 아이디어를 고민해야 하는데 재미라도 없으면 힘들 것 같아. 그리고 두 번째는 사람. 함께 일하는 피디와 메인 작가가 어떤 분인지도 중요해.

소문이 많겠어요. 평판이랄까.

그렇지. 소문이나 평판 무시하고 팀에 합류했다가 데인 적도 있고. 우리 사이에 찌라시가 많아. '천명방'이라는 방송작가 단체 카톡방이 있어. 나도 초대받았는데 사실 거기 올라오는 내용들 자체가 스트레스라 일치감치 빠져나왔지. 전부 믿을 만한 정보는 아니지만 아니 땐 굴뚝에 연기 날까 싶어. 경험 부족한 연차의 작가들에겐 도움이 되지 않겠어. 적어도 최악은 피할 수 있을 테니까.

일 외적으로 신경 써야 할 게 많겠어요. 회사원도 사내 정치란 게 있

잖아요.

지금 내 역할은 주로 연차별로 업무를 나누는 거야. 철저하게 분업화된 시스템이거든. 내 대본도 쓰지만 후배들에게 어떤 역할을 맡길지 또 어떻게 일이 진행되고 있는지 체크해야 해. 특히 메인 작가가 동시에 여러 프로그램을 맡고 있다면 더더욱. 말하자면 중간자 역할인 셈인지. 선배와 후배 작가 사이에서 서로의 고충이나 민원도 들어야 하고.

피곤한 자리네요.

기가 빨리지. 식물 키우기 시작한 게 연차 높아지면서 생긴 취미인 것 같아. 마음이 공허해서.

일주일 루틴이 궁금해요. 방송작가는 여느 프리랜서와 달리 상근직이잖아요. 사무실에 출퇴근도 하고요.

팀마다 천차만별이야. 지금 팀의 메인 작가는 워라밸을 중요하게 여기는 사람이라 일주일에 두세 번만 출근하고 있어. 그 언니도 나도 일이 없는데 괜히 사무실에 오래 앉아 있지 말자는 주의거든. 이렇게 생각이 맞는 팀이면 다행이지. 아닌 경우가 훨씬 많아. 피디나 팀장이 퇴근할 때까지 붙잡혀 있기도 하고. 출근하는 이유는 대본 회의나 편집본을 함께 볼 때야.

그 외에는 연차별로 업무를 분담하고 집에서 근무하지. 틈틈이 운동도 하고.

휴무일은 어때요?

사실 프로그램이 종영할 때까지는 제대로 쉬는 날이 없다고 보면 돼. 여행 중이거나 영화를 보고 있더라도 카톡이 오면 즉각 연락받고 일을 진행시켜야 하지. 10년 차 전까지는 프로그램이 끝나도 2~3주면 많이 쉰 거였어. 가장 길게 쉰 게 2개월 정도였나. 그사이에 유럽 여행도 다녀오고.

명절이나 경조사는요?

못 챙기는 거지, 뭐. 설이라고 해서 방송이 죽는 경우가 아니라면 평소처럼 나와서 일해. 그때마다 할머니한테 한 소리 듣고. 명절에 못 쉬게 하는 팀이 할머니한텐 제일 몹쓸 팀이야.

들어보면 보통의 직장인 친구들과 사는 속도도 타이밍도 다를 수밖에 없을 것 같아요. 그게 인간관계에 영향을 미치진 않았어요?

아무래도 고민이 생겼을 땐 동종 업계에서 일하는 작가들을 찾게 되는 것 같아. 작가끼리 공유 가능한 고민들이 있거든. 예를 들어 내 상황을 이해하지 못하는 어떤 친구들은 연차 모아서 여행 가면 안 되냐고 묻기도 하고. 우리가 무슨 우주 조종사처럼 특수직도 아닌데. 참, 이런 건 있어. 다른 직종에서 일하는 친구들과 만나는 횟수는 줄었지만 그 관계를 놓아서는 안 되겠다는 생각. 다양한 사람들을 두루 만나는 직업이지만 막상 인간관계는 얕고 폐쇄적이거든. 관계가 단단하지 않아. 프로그램이 끝나고 나면 새로운 연락처가 몇백 개씩 늘어나 있는데, 그중 인간적인 관계를 맺은 사람은 한 명 있을까 말까야. 그렇게 한 명이라도 생기면 프로그램을 한 보람이 있는 거지. 이 일하면서 돈만 번 건 아니구나 싶고. 어쨌거나 현실에 발 디딜 수 있게 해주는 친구들이 참 귀해.

주변에 자기 관리를 잘한다 싶은 동료 작가도 있어요?

'쟨 스트레스는 안 쌓이겠구나' 싶은 후배가 있어. 방송 일 하면서 네트워크 쌓기가 쉽지 않은데 각종 동네 모임, 술 모임, 야구 직관 모임에 활발히 나가더라고. 처음엔 그게 성격이구나 싶었는데 지금 보니 에너지가 좋은 것 같아. 자신을 방치하지 않기 위해 노력한달까. 보통 싫은 소리 듣고 싶지 않아서 일에 올인하게 되잖아. 그런데 막상 그 일을 해낸 나에게 보상은 하지 않게 되더라. 오히려 일이 많아지면 가장 먼저 나를 포기하게 돼. 일 값을 해야 하니까. 그러다 몸져눕는 거지.

요즘은 방송작가도 계약서를 쓴다면서요? 노동 환경이 열악한 곳으로 기억하고 있는데 정말 큰 변화인 것 같아요.

최근에서야 나도 '방송작가 집필 표준계약서'를 작성해 봤어. 아까도 말했다시피 예전에는 메인 작가와 피디가 구두로 페이 협상을 했잖아. 만약 메인 작가가 나를 챙겨주지 않으면 막내 주제에 피디랑 직접 협의를 해야 했지.

한국방송작가협회에도 드디어 가입했다고.

입회 자격 요건이 이제야 충족된 거지. 프로그램이 예능인가 교양인가 또 지상파냐 케이블이냐 등에 따라 경력으로 인정되는 기간이 조금씩 다르거든. 그리고 예전에 함께 일했던 메인 작가 세 명의 서명도 제출해야 해. 가입이 쉽지 않아. 그래도 협회에 드는 이유는 저작권료 때문이야. 재방료를 받을 수 있거든. 프로그램이 끝나도 재방송이 나가면 재방료라는 게 지급되는데, 이게 큰돈은 아니더라도 심리적 위안은 돼.

저도 잊을 만하면 한 번씩 분기별 인세가 들어오는데 꼭 용돈 받는 것 같더라고요. 만약 임금을 떼이거나 불이익을 받았을 때 협회에서 도움을 주기도 하나요?

그런 것 같아. 저작권 침해를 당했을 때 상담을 해준다든가.

방송작가는 노조가 따로 없으니까 그나마 소속감을 느낄 수 있지. 1년에 한 번씩 건강검진도 챙겨주는데 이게 어디야. 아무도 안 챙겨주거든. 추석 땐 쌀 한 가마니도 보내주더라.

방송작가는 월급제죠?

첫 방송 나가기 시작하면 그때부터 한시적 월급제인 셈이지. 지급일은 프로그램마다 달라.

프로그램을 준비하는 기획 단계에서는요?

기획료라는 게 있어서 월급의 50~70퍼센트 정도가 연차에 맞게 지급돼. 그런데 기획 도중에 방송이 무산될 수도 있거든. 기획료를 안정적으로 챙겨주는 방송인가도 프로그램을 선택할 때 고려해야 해. 사실 방송보다 기획하는 기간이 훨씬 길거든. 기획료가 보장 안 되는 방송사도 꽤 많아.

재테크도 해요? 저는 이제서야 돈에 눈을 떴는데.

29살 때부터 반강제로 시작했어. 방송작가는 페이가 일정치 않으니까 카드 빚이 생기지 않을 수가 없어. 기획한답시고 몇 달 동안 돈이 안 나올 때도 있고. 만약 카드가 없었으면 생활이 안 됐을 것 같아. 가족이나 친구한테 빌리는 것도 한두 번이지. 그렇게 신용카드 하나를 꾸준히 썼더니 어느 날 카드사에서 전화가 오더라고. 연금보험을 추천한다면서. 의심도 많고 여태껏 적금만 해온 터라 믿고 해도 될까 고민했는데, 결국은 한 달에 20만 원씩 납입하기 시작했어. 사실 내가 잘하고 있다는 생각은 안 들어. 혼자 일하면서 살려면 집과 차가 해결돼야 하는데, 우선 방송국 근처에서 사는 걸로 차는 포기했고. 집을 전세로 옮기면 재테크할 여유가 생기지 않을까. 보증금을 마련하기도 전에 먼 미래를 위해 재테크를 하는 게 사치인 기분이야. 아직은 1년짜리 적금, 주택 청약 정도의 수준인 것 같아.

경제적인 불안함은 어떻게 다스려요? 딱히 해결책은 없고 그야말로 다스릴 수밖에 없다는 생각이 들곤 해요.
연 단위로 '최소 이만큼은 더 모아야지' 하고 나와의 약속을 세우는 편이야. 목표치의 80퍼센트 정도 이루면 다행인 거고. 지방 출신이 서울에서 돈 모으는 것 자체가 불가능한 일 같아.

'연예인 자주 보냐'는 질문 엄청 받는다면서요. 겉으로 보여지는 것 외에 방송작가끼리 공유하는 일의 즐거움, 보람이 있을 것 같아요.
나는 내가 기획하고 쓴 글이 누군가에게 영향을 주는 것 자체

가 즐거워. 보통 출연자들이 내가 쓴 대본을 그대로 소화하진
않아. 대신 출연자의 캐릭터와 찰떡이 될 때가 있어. 대본의
70퍼센트와 출연자의 애드리브 30퍼센트가 만나 유행어가
탄생하거나 회자되면 그것만큼 보람된 게 없지. 일반인을 대
상으로 한 프로그램의 경우엔 그 방송이 출연자 한 사람의 인
생이 걸린 일이거든. 나 역시 그 정도의 책임감을 갖고 일해.
내 밥벌이를 하면서 누군가의 밥벌이에 도움이 됐다 생각할
때 기분이 좋아. 시청률이 잘 나온다고 해서 페이가 더 나오
진 않잖아. 일만 더 힘들고 성가셔지지. 그보다는 출연자들
이 방송을 통해서 잘될 때 보람을 느껴. 다음 프로그램을 할
의지도 생기고.

그런데 프로그램이 잘되면 보통 피디가 그 영예를 갖잖아요. '내 거'
하고 싶다는 욕심은 없어요?
사실 그 갈등이 커서 드라마로 잠시 갔다 왔지. 원래도 하고
싶었고. 내 이름이 앞에 섰으면 하는 욕망. 한번은 내가 낸 아
이디어가 프로그램 전면에 채택된 적이 있어. 방송도 잘됐고.
그런데 이느 인디뷰에서 피디기 그걸 지기 공으로 돌리더리.
오래전부터 겪어왔던 일이고, 원래 허세기가 있는 사람이란
걸 알아서인지 그리 놀랍진 않았는데 오히려 막내 작가들이

분개했어. 당시엔 현타가 오진 않았는데 그런 식으로 계속 누적돼 온 게 아닐까. 결국은 결단을 내렸지. 드라마 작가 수업을 듣고, 보조 작가로 들어가 일도 해보고. 막상 해보니 어디든 혼자 하는 일은 없더라. 작가의 창작물이긴 하지만 100여 명의 스태프와 배우가 모여 협업해야 하는 거잖아. 여전히 미련은 남아 있어. 지금 하고 있는 프로그램에 열중하고 있긴 하지만 이 일이 언제까지 나를 먹여 살려주진 않을 테니. 더는 방송을 할 수 없을 때 안정적인 수입을 줄 수 있는 내 일을 갖고 싶다는 욕망은 있어. 아직 대안은 찾지 못했지만.

10년 전 한 팀에서 일한 작가 언니의 말이 지금도 생생히 기억나요. "이것밖에 할 줄 몰라서 여기 있는다"던 말이 당시 저한텐 충격이었어요. 이제 막 사회생활을 시작한 시기여서 그런지 미래가 없게 들리더라고요. 그런데 지금은 그 말에 담긴 다양한 뉘앙스가 이해돼요.
많은 방송작가들이 입버릇처럼 그런 얘기를 해. 이제 와서 무슨 일을 시작하겠냐며 자조하는 거지. 두려움도 있고. 나도 그렇지만 드라마 쪽 꿈꾸는 예능 작가가 꽤 많은 걸로 알고 있어. 대본을 쓰지만 해소되지 않는 갈증이 있는 거지. 하지만 선뜻 넘어갈 수 없는 건 지금까지의 경력이 아깝기도 하고. 드라마 쪽에서 살아남은 작가들도 몇십 년을 그냥 버텼겠어? 경쟁력이 있으려면 자질이 있어야 하는데 정작 그걸 갖춘 사람은 소수인 것 같아. 한편으론 막내에서 코너 작가로 입봉했던 때 같은 변화가 있지 않는 한 지지부진 방황하는 시기가 곧 찾아올 것 같은 느낌도 들어. 내 이름을 걸고 할 수 있는 다른 무언가를 찾는다면 가장 베스트일 테지만, 방송 일을 병행하면서는 쉽지 않겠지.

요즘 관심 가는 분야나 배워보고 싶은 게 있어요? 저는 베이킹에 푹 빠졌어요. 이걸로 노후 대비해 보려고요. (웃음)

집에서 키우고 있는 조그만 화분이 어느 날 세어보니 한 열다섯 개 되더라고. 그래서 내가 식물 키우는 데 재미를 붙였구나 깨달았어. 꼼꼼하거나 차분한 기질은 아니지만 가드닝을 배워보고 싶어. 화분 하나씩 사들이는 게 내가 하고 있는 소비 중에 뭐랄까, 제일 괜찮은 사치 같기도 하고. 잘 키워서 싹이 트거나 분갈이를 해줘야 할 때 이상하게 프로그램 하나 대본 하나 끝내는 것과는 또 다른 뿌듯함이 있더라고.

프리랜서
인 터 뷰
2

"이게 내 인생의 전부면 괴로울 테니까"

11년 차 직장인, 콘텐츠 플랫폼 에디터
프리랜스 에디터&보틀프레스 대표 주소은

우리가 처음 만난 게 4년 전이죠. 그때 소은 씨는 출판 편집자, 저는 책방 운영자였고요. 이후 많은 변화가 있었더라고요. IT 업계로 두 차례나 이직을 했어요.

지금은 생각이 다르지만, 당시엔 출판계에 있으면서 제 인생도 함께 내리막길을 걷는 기분이었어요. 내부에서도 워낙 그런 이야기가 많았고요. 7~8년 동안 몇십 권의 책을 만들면서 일 자체는 재밌었어요. 다만 산업에 신물이 났죠. 어느 날 교보문고에 시장 조사를 갔는데 멀미가 나더라고요. 이 많은 책들에 담긴 고민이 눈앞에 쌓여 있는 것 같고, 다 팔려야 할 텐데 어쩌나 싶고. 콘텐츠를 기획하고 제안하는 일은 계속하고 싶은데, 그 일을 어디서 할 것인가가 고민이던 시점이었어요. 마침 그 무렵 국내에도 콘텐츠 플랫폼이 생기기 시작한 때라 관심을 갖게 됐죠.

이직 과정이 궁금해요.

글쓰기 플랫폼인 브런치로 이직한 건 출판사 편집자로 브런치북 2회 심사에 참여한 게 계기가 됐어요. 위클리 매거진이라는 프로젝트 론칭을 준비하는 동안 서비스 기획자를 도와 콘텐츠 매니저 역할을 했고요. 해보니 플랫폼에서 일하며 겪는 색다른 속도감과 영향력이 흥미로웠어요. 이때 퍼블리, 북저널리즘 같은 서비스가 생겨나고, 웹소설 시장 또한 커져가는 상황이라 콘텐츠 에디터로 일할 수 있는 플랫폼을 알아봐야겠다고 생각했죠. 몇 군데 면접을 본 끝에 독창적인 창작 활동이 주로 일어나는 콘텐츠 플랫폼인 지금의 회사로 옮기게 됐고요. 이제는 콘텐츠 기획으로 할 수 있는 직업은 다 해보겠다고 농담처럼 말하고 다녀요.

IT 업계를 경험해 보니 차이가 있던가요?

우선 내리막길 콤플렉스는 치유됐어요.(웃음) 성장하는 산업에서 일하는 특유의 분위기가 있어요. 이용자 수 증가, 매출 상승 등 매번 경신되는 숫자를 내부에서 축하할 일이 많더라고요. 스타트업이라 불안정한 점이 없지 않지만 출판사를 다니며 아쉬웠던 부분은 모두 충족됐어요.

사실 이직보다 더 궁금한 건 창업이에요. 최근에 1인 출판사 '보틀프 레스'를 시작했죠?

출판사를 다닐 때부터 하고 싶었어요. 1인 출판사를 시작한 선배들 사례를 계속 봐왔거든요. 퇴사 뒤 창업을 하거나, 시 작했다가 접고 다시 돌아온 경우도 있었고요. 잘된 케이스도 많아서 시도해 보고 싶은 생각이 들더라고요. 그때 돈 욕심도 있었던 듯해요. 책이 잘 돼도 편집자에게 인센티브를 주는 경 우가 많지 않거든요. 베스트셀러를 만들어본 경험도 있으니 '좋은 책 터트려서 잘 먹고 잘 살겠다!' 이런 마음이 있었는데 고민에 그쳤죠. 그런데 소규모 창작자를 만나는 플랫폼에 오 고 나서는 500부, 1,000부만 팔려도 의미 있고 인생이 재밌 다는 걸 알게 됐어요. 첫 책의 성과가 좋지 않다고 해서 쪽팔 려하는 게 아니라 즐거워하며 다시 두 번째 책에 도전하는 모 습이나, 나이와 관계없이 너무나 잘하는 친구들을 보면 그게 그렇게 멋있더라고요. 내가 하고 싶은 일도 저런 게 아닐까 생각하게 됐고요. 그때가 보틀프레스를 시작하기로 마음먹 고 타이밍을 찾던 중이었어요. 그러다 우연히 첫 책의 작가님 을 만나면서 본격적으로 일이 진행됐죠.

독립출판이나 사이드 프로젝트가 아닌 출판사 등록을 하고 출간한

이유가 있나요. 판을 제대로 벌린 셈이잖아요.

결국 이게 제 직업이 되길 바랐으니까요. 실제로 이런 방식으로 독립해 나간 동료들이 있어요. 처음엔 사이드 프로젝트로 시작했다가 본업이 된 거죠. 보통 두 가지 갈래로 나뉘는 것 같아요. 1인 출판사를 운영하는 동시에 프리랜스 에디터로서 외주를 받는 경우, 출판사를 키워 직원까지 채용하는 경우. 지금은 전자가 현실적인 생존 방법으로 느껴져요. 당장은 시장성이 크지 않더라도 만들고 싶은 책을 출간할 계획인데, 도서 판매만으로는 먹고살기 힘들어 보이거든요. 대신 보틀프레스의 책이 포트폴리오가 된다면 편집만이 아니라 책 제작 전반을 맡는 큰 사이즈의 외주를 받을 수 있는 구조가 되겠지요.

주변의 영향이 중요한 역할을 한 것 같아요.

어떤 사람들과 어울리는지가 정말 커요. 출판사에서 일할 때만 해도 창작 활동을 하는 사람이 이렇게까지 많지 않았어요. 사회 분위기상 요새는 좀 더 늘었을지도 모르지만요. 지금 몸담은 회사엔 사이드 프로젝트를 하지 않는 직원이 오히려 드물걸요. 돈을 벌진 않더라도 각자 자기 프로젝트를 가지고 있어요. 제 주위 친구들은 저를 굉장히 특이하게 보는데, 창작

신에서 대화해 보면 저는 지극히 평범한 축에 속해요. 제가 쓰리잡쯤 된다면 그들은 세븐, 에잇잡인 경우도 많고. 창작을 하고 싶거나 실제로 창작하는 사람들과 커뮤니티를 형성하는 게 매우 중요해요. 은정 씨와 하고 있는 '염려하지 않는, 글쓰기' 모임도 마찬가지고요. 혼자서는 시도하기가 쉽지 않아요.

사실 직장인이 일과 사이드 프로젝트를 동시에 하는 게 쉽진 않잖아요. 상당한 체력과 시간이 드는 일이고요. 그럼에도 불구하고 하게 되는 이유가 있을까요.

회사에서 원하는 일을 하고 있더라도 온전히 나의 의지대로 시도해 보고 싶은 무언가가 생기는 듯해요. 나아가 독립하고 싶은 마음도 있고요. 1인 브랜드, 1인 크리에이터가 되기 위한 포트폴리오를 준비하는 거죠. 사실 회사원이든 프리랜서든 앞으로 뭐 해 먹고살지라는 고민은 똑같지 않을까요. 아직 몇십 년은 더 일해야 하는데 직업이 하나면 위험하겠다는 생각이 들더라고요. 한편으론 조직 생활이 쉽지 않으니까 무게 중심을 분산할 필요를 느끼기도 해요. 이게 내 인생의 전부면 너무 괴로우니까. 자아실현을 따로 하고 있는 거죠. 무엇보다 서로 영향을 주고받는 측면도 있어요. 창작하는 사람의 입

장을 더 이해하게 되면서 회사 업무를 더 정성스럽게 대하게
되더라고요. 이전에도 그렇다고 생각했지만 점점 더요.

**《작고 소박한 나만의 생업 만들기》라는 책에 작은 단위의 일을 여러
개 만들라는 조언이 나와요. 그러면 일 자체의 부담은 줄고 재미는
커진다고요. 와닿는 이야기였어요.**

한 가지 일에 사활을 거는 사람도 있겠지만, 제 경우엔 여러
가지 일이 필요한 것 같아요. 보틀프레스를 시작하고 첫 책
이 나오기 전에 쓴 일기가 있는데, 거기 이런 내용을 썼더라
고요. 퇴사학교 커리큘럼 중에 '월급 외 10만 원 벌어보기'가
있는데 몹시 공감하고 당장 해보겠다는 다짐을요. 월급이 끊
기고 난 뒤 갑자기 뭔가를 시작하려면 힘들잖아요. 월급을 받
는 중에 내 능력으로 10만 원 벌어보기를 시도해 보고 싶었
어요. 외주 편집자로 돈 버는 건 원래 하던 일이니까 좀 더 독
립적인 방식의 일로요. 보틀프레스를 시작하게 된 계기이기
도 해요.

출판사는 어때요, 혼자서 해볼 만하던가요.

어렵고 재밌어요. 첫 책《열두 달의 와인 레시피》는 지금까지
2,000부 넘게 판매됐어요. 손익 분기는 1,500부쯤에서 넘겼

죠. 책을 제대로 만들려고 하니까 1000만 원 가까이 들더라고요. 처음엔 제작비 지급하고 마케팅 비용 나가느라 마이너스였는데, 어느 순간 온라인 서점에서 책이 팔리면서 플러스로 올라왔어요. 출판을 혼자서는 처음 해봤잖아요. 완성하는 거까진 자신 있는데 그 뒤가 어렵더라고요. 물류 계약부터 시작해서 인쇄도 출판사에 근무할 때 했던 금액으로 못 찍어요. 대형 출판사만큼의 물량을 제작하지 않기 때문에 소개받고 왔더라도 배로 지불해야 하죠. 온라인 서점 엠디를 만나서도 어떤 이야기를 해야 하는지, 에코백 증정 이벤트를 하려면 어떤 순서로 일을 진행시켜야 하는지 전부 몰랐어요. 그래서 더 서툴렀고. 이제는 훨씬 노련하게 할 수 있을 것 같아요. 미리 뭘 준비해야 할지도 알고 있고. 더 잘하고 싶으니까 회사를 그만두고 싶은 생각도 들지만 아직 정확한 계획은 없어요. 다만 회사를 다니면서도 잘할 수 있겠다는 확신은 있어요.

출판사 말고도 퇴사를 고민하는 이유가 있나요?
은정 씨와 《열두 달의 와인 레시피》를 쓴 류예리 작가님에게 영향을 받은 면이 있어요. 두 사람 다 2년 만에 가게를 접은 공통점이 있는데 (웃음) 그 모습들을 지켜보면서 더 나이 들기 전에 내가 오롯이 끌고 가는 공간을 운영해 보고 싶더라고

204

요. 나중에 치킨집 차렸다가 망하면 답이 없잖아요. 물론 치킨이 나올 수도 있긴 한데…. 아무튼 와인숍을 열어보고 싶어요. 10년 동안 하면 좋겠지만 2년 뒤에 접을 수 있다는 생각도 하고요. 만약 닫더라도 넥스트가 있으리라는 확신이 있어요. 예전에는 백수가 됐을 때 이 회사도 저 회사도 날 받아주지 않으면 어떡하나, 앞으로 뭘 해야 하나 싶은 걱정으로 피가 말랐는데 지금은 달라요. 회사에 들어가지 않더라도 내가 내 일을 하면서 먹고살 수 있으리라는 생각이 들어요. 외주 편집 일을 따 올 수도 있고요. 하고 싶던 방향으로 경력을 10년 이상 쌓아오니 이런 생각을 하게 되네요. 친구들과 '30대가 되면 안정적인 삶을 살 줄 알았는데 전혀 아니다'라는 말을 하곤 했는데, 최근에는 바라던 그 안정이, 어떤 곳에서 일하는지와 상관없이 내가 무엇을 하면서 살아야겠다는 확신이 생기면 얻어지는 거였구나 생각해요.

공간 오픈을 염두에 두고 진지하게 와인 공부를 하고 있는 거네요.
현재 전통주를 제외한 주류는 온라인 판매가 불법이에요. 오프라인 공간이 필수죠. 사실 출판사는 시작이 쉬워요. 신고만 하면 되거든요. 그런데 공간 창업은 완전히 다른 리스크를 안고 있는 문제라 아직 고민 중이에요. 온라인 판매가 가능했

다면 벌써 열었을걸요? 마음 같아선 내년에 열고 싶어요. 아
마 퇴사를 한다면 그건 와인숍 오픈 때문일 거예요. 보틀프레
스에도 집중하고요. 와인숍을 미루게 된다면 퇴사를 하지 않
을 수도 있겠죠. 어쩌면 이직을 할 수도 있고요. (**'이직의 여왕'
콘셉트로 강연을 열면 좋을 것 같은데요?**) 그런가요. 안 그래도
요즘 콘텐츠 창작 관련한 강의를 자주 하고 있어요.

**(저를 포함해서) 공간 창업, 폐업 사례를 많이 접하면서 용기를 얻기
도 하지만 그만큼 망설이는 마음도 커지진 않아요?**
장점보다 단점이 많더라도 해보고 싶은 건 해봐야겠더라고
요. 부딪쳐 배워가며 커리어를 이어왔기 때문에 일단 해보자
는 게 커요. 무엇보다 여러 직업을 거쳐왔는데 모두 콘텐츠
를 기획하고 파는 일이었잖아요. 그게 아닌 걸 팔아보고 싶어
요. 한때는 책방을 하고 싶었는데, 책이라는 상품이 워낙 마
진율이 낮아서 출판사나 책방이나 다 같이 어렵잖아요. 마진
율이 다른 상품을 다뤄보면 좋을 것 같아요.

언젠가의 독립을 위해 네트워킹에도 신경을 쓰는 편이에요?
창작자를 많이 만나는 직업이라 오프라인상의 네트워킹은
자연스럽게 이뤄지고 있어요. 그런 것에 능한 스타일은 아니

지만 노력도 하고 있고요. 그런데 넓게 안면을 트는 것도 좋지만, 파트너십까지 갈 수 있는 좋은 관계를 쌓아가는 게 더 중요하다는 생각이 들어요. 보틀프레스의 책을 만들 때 새로운 시도가 필요한 경우를 제외하면 가급적 기존에 함께해 왔던, 마음이 잘 맞는 디자이너와 일러스트레이터에게 의뢰를 하려고 해요. 보틀프레스의 로고와 첫 책 디자인도 예전부터 호흡을 맞춰온 렐리시 작가님이 모두 맡아주셨고요. 그 외에도 출판사 편집자일 때부터 저와 꾸준히 출간 작업을 해온 작가님이 계세요. 이번에도 보틀프레스를 통해 책을 내기로 했고요. 이렇게 연을 쌓아가면서 서로 일을 믿고 맡길 수 있는 관계를 만들고 싶어요. 함께 일을 하지 않더라도 다른 사람에게 서로를 자신 있게 소개해 줄 수도 있으니까요. 혼자 일하는 프리랜서일수록 파트너십이 정말 중요한 듯해요. 라이트하게 의지할 곳이 필요하잖아요.

회사원이자 출판사 대표이기도 한 정체성을 드러내기도 하나요?
요즘엔 간혹 그래요. 반응이 다르더라고요. 그냥 회사 직원으로서 만날 때보다 나눌 수 있는 대화의 폭이 넓어져요. '당신도 비슷한 고생을 했겠구나' 하고 서로 일이 주니까 공감대 형성도 잘되고요.

한창 '퇴사' 키워드가 유행했잖아요. 열풍에 대해 어떻게 생각해요?

제 2의 욜로 같은 유행어이면서 다른 한편으론 다음 스텝을 준비하는 사람들을 양성하기 시작한 계기가 된 것 같아요. 그리고 요즘은 퇴사를 권하기보다 현실적인 컨설팅이 주로 이뤄지는 듯하고요. 공간 창업에 관한 리포팅이 나오는 식으로 구체적인 도움을 줄 수 있는 과정이 제시되는 거죠. 더불어 프리랜서 시장도 커지지 않을까 싶어요. 예전엔 인맥을 발휘하지 않으면 도저히 일을 따낼 수 없는 시대였지만, 지금은 자유 노동자로 활동하기에 좋은 플랫폼이 늘어가는 추세잖아요.

회사원이 아닌 프리랜서, 자영업자가 되었을 때 기대되는 모습이 있을까요?

납득할 수 없는 일을 더 이상 하지 않아도 된다는 것. 그런데 그런 사람이 돈을 못 번다고 하더라고요. 예를 들어 정말로 돈을 벌고 싶었다면 당시 대세인 아이템의 카피캣을 낼 수도 있었겠죠. 상업 출판사에 있을 땐 그런 식으로 돈이 될 아이템에 대해서만 논의해야 했는데, 그게 재밌진 않았어요. 1인 브랜드로 출판을 한다는 건 세상에 책을 내보냈을 때 뭔가 재밌는 일이 벌어지거나, 독자가 즐겁게 읽길 바라는 거거든요.

사실 지금보다 돈을 더 벌게 되리라는 기대는 크게 없어요. 그게 목표도 아니고요. 적어도 회사원일 때보단 쏟고 싶은 곳에 에너지를 쓸 순 있겠죠.

보통 퇴사를 망설이는 가장 큰 이유가 경제적 부담이잖아요. 그런데 소은 씨는 11년 차 경력에 힘입어 생계에 대한 부담을 줄이는 방향으로 기반을 잘 다져가고 있다는 느낌이 들어요. 본인 스스로도 그런 불안에서 얼마간 벗어난 것 같고요. '아, 이 사람 건설적이다' 싶은 게, 전혀 허황되게 들리지가 않았어요.

허황된 거 좇기엔 겁이 많아요. 어느 정도 안전장치를 만들어놓고 지르는 편이고요. 회사원들이 자주 나누는 이야기가 뭐냐 하면, 최소 200만 원을 안정적으로 벌 수 있다면 당장 나간다는 거에요. 제 경우엔 보틀프레스와 외주 편집 일을 병행하면 가능하지 않을까 싶어요. 지금은 그걸 준비하는 시기고요. 루나파크 작가님이 '졸사'라는 표현을 쓰셨는데 몹시 공감해요. 그분은 사실상 딱 한 번 퇴사를 하신 셈인데, 전 퇴사를 너무 많이 했어요. 이젠 저도 졸사하고 프리랜서 하고 싶어요. (웃음)